中国＊アメリカ
謎SF

柴田元幸
小島敬太 編訳

白水社

まえがき

——『三体』はすごいし、テッド・チャンやケン・リュウとか中国系アメリカ人作家もすごいですけど、まだまだあるんですよ、中国SF。

と、小島ケイタニーラブ君は言った。全然違うのがあるっていうこと？　と僕は訊いた。

——そうです。軽妙で、でも深くて、とにかく面白い作品を書いてる新しい世代のSF作家が大勢いて、まだ日本では全然紹介されていないんです。

すると白水社のSさんが、

——だから、ケイタニーさんがそういう短篇を何本か訳して、柴田さんにはアメリカの新しいSFを訳していただいて、一緒に中米新SFアンソロジーみたいのを作れたらと思うんです。柴田さんいままであんまり訳されてこなかったじゃないですか、SF的なものは。

と、絶妙のナッジをもらって、あっさり「やろう！」ということになった。中・米二国は現在政治的にはあまり嬉しい対話があるとは言いがたいが、せめて紙の上では小説同士が対話してくれたら。かくして、これまで僕にとっては、古川日出男・管啓次郎とともに四人で朗読劇『銀河鉄道の夜』を一緒にやってきた仲間、小島ケイタニーラブは——もちろんそっちのアイデンティティも保持しつつ——中・米現代SF小説アンソロジーの共編訳者、小島敬太となった。

小島は中国滞在中に買いあさり読みあさってきたSF小説のなかから選りすぐり、柴田はここ一、二年に読んできたアメリカ短篇のなかで面白くてSF的なものはどれだったかをふり返りつつさらにあちこち掘り進め、作品を持ち寄った。唯一の条件は、日本ではほぼ未紹介の作家であること——雑誌に一本短篇が載った、あたりまでは許容する。

作品が揃うまでは、中・米それぞれが全然違う方向を向いたものが並ぶことになるのでは、という危惧もなくはなかった。が、実際に二人が選んだものを並べてみると、案外共通のテーマやモチーフで繋がっていて（これについては巻末の対談をご覧いただければと思うし、何より作品自体から発見していただければ）、作品間にある種の対話が生じているように思える。もちろん、二国間で全然違う面もあるが、それはそれで面白く、「こんなに同じ」「こんなに違う」が両方あるラインナップになったのではないかと思う。

六作家による七本の作品で、何が共通しているか？　これはなかなか難問だった。が、どれをとっても、何らかの大きな謎に触れようとしている作品、着想・設定・着地点などがどこか謎めいている作品だと思え、三人で話しあっているうちに〈謎SF〉という言葉が浮上してきた。思いきってこれをタイトルに冠し、世に問う次第である。きたしまたくやさんの挿絵も、編訳者二人が漠然と感じていた繋がりに素敵な形を与えてくれた。多くの読者に楽しんでいただけますように。

柴田元幸

中国・アメリカ　謎SF

目次

装幀　緒方修一

装画・挿絵　きたしまたくや

ShakeSpace
（遥控《ヤオコン》）
小島敬太 訳

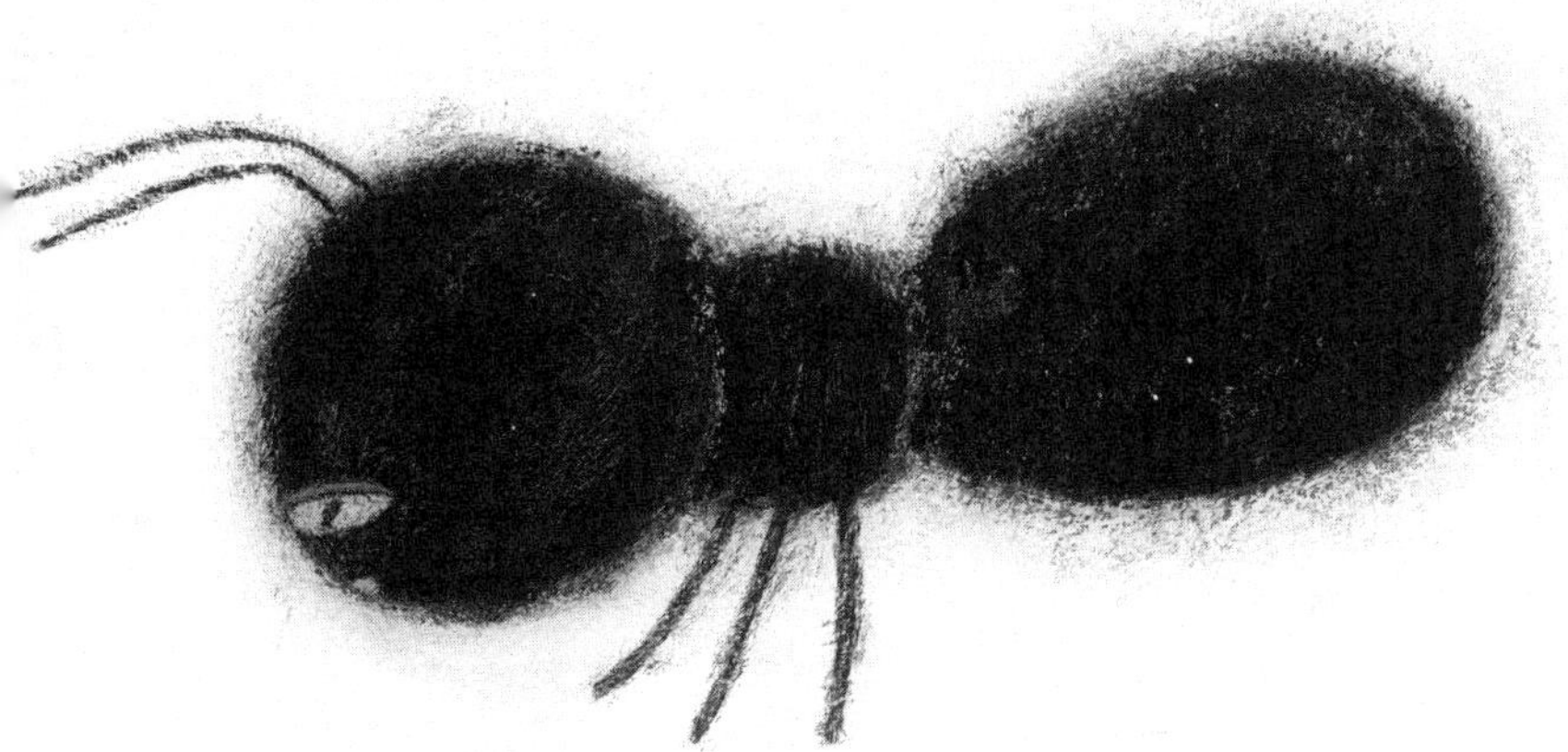

マーおばさん

ShakeSpace（遥控《ヤオコン》）は一九七七年生まれ。上海交通大学を卒業し、アメリカに留学、その後上海在住。本作はSF誌『科幻世界』二〇〇二年六月号に発表されたデビュー作であり、同年、中国で最も権威あるSF賞・第十四回銀河賞を受賞した。

コンピュータのテストエンジニアが、試作機「マーおばさん」との対話をきっかけに、生命とは何か、知性はどこからやってくるのかといった、思索的・哲学的な問いに誘い込まれていく様子は、さながらサスペンスのようなスリルに溢れている。同時に、いわゆる「複雑系」と呼ばれる科学分野をわかりやすく描いた作品としても評価が高く、北京のある大学では、この物語を科学の講義で取り上げるほど。まさに文学と科学を橋渡す傑作・科幻（SF）と言えよう。今ではAIという言葉が一般的になり、当たり前のように人工知能と会話ができる時代になったが、二十年近く前にすでにこの作品が書かれていたことにも驚きだ。主人公の発する次の疑問は、当時よりも多くの人に響くかもしれない。今、液晶越しに自分がチャットをしているのは人間？　コンピュータ？　それとも……？

1

　コンピュータを扱うようになってから、それなりの年月が過ぎたように思う。これまでも試作機の動作テストを通して、優秀なマシンにはいくつも触れてきたけれど、我が家のマシンはまだPⅡ〔プロセッサ"Pentium II"の略称。コンピュータのデータや命令を処理する〕の450のままでとまっている。別に今以上の機能を求めているわけでもないし、結局、プログラミングとゲームとネットができればそれで十分だからだ。

　オンラインの交流も今ではますます一般的になってきて、掲示板を探せばどんな話題でも転がっている。僕がよく顔を出す掲示板ではこの二日間、ある書き込みが急激に増えていた。人生の悲哀とでも言えばいいのか、まるで、そこにいる誰もが一夜にして命のはかなさに気づいてしまったかのような、そんな空気が溢れていた。

「夜が更けて、人が寝静まる時間になると、いつもこう、命が終わるときのことを考えてしまう。そして言いようのない恐怖を感じるんだ。人生の舵ぐらい自分で取りたい、でも本当は、俺なんか、ただのちっぽけで取るに足らない、通りすがりの旅行客なんだって」

「人生百年って言っても、宇宙の中の、ほんの一瞬にすぎないんだよな。命の意味って何なのかな」

　投稿を見ていると、はたして自分がこんなふうに、コンピュータの前にじっと座っていていいのかわからなくなってくる。それでも画面をスクロールしていくうちに、そんな空気を取り成すような、いくつかの書き込みが顔を出した。

「まあでも、生きているからには、元気に生きなきゃ。それが俺らの務めってもんでしょ」

「あらゆる生命は、苦しみ、そして希望を抱きながら、それぞれの道を進んでいくのです。生々流転していくのですよ」

こういうのを読むと、気持ちがふっと楽になる。そうだ、人生にはやっぱり意味がある。じゃなきゃ、今いる僕らは一体何だというのだろう。とはいえ、その意味は具体的に何かと問われたら、それはもう僕らが答えられるようなものではなさそうだ。実際、「生命」という問題はあまりに大きすぎる。荘子から始まってクンデラにいたるまで、時代をこえて数えきれないほどの哲学者がああだこうだと言ってきたけれど、これまでに何かこれといったスタンダードな答えが見つかったわけでもない。それでも、こういう類のことは誰もが考えている。ようするに、人間はそういったくだらないことを考えるのが好きってことなんだろう。こんなふうに人間の心がバランスを取れなくなったときも、大昔だったら「独り悲しみに心を痛め、涕《なみだ》が溢れてくる」〔陳子昂（六六一−七〇二）作『幽州の台に登る歌』の一節〕の一言で済まされただろうけれど、現代はネットでこうして思いを表せるわけだから、これも時代の発展、生命の進歩と言っていいのかもしれないな。

そんなことを考えていると、会社から一通のＥメールが届いた。どうやら動作テストが必要な試作機があるらしい。我にかえった僕は思わず笑った。やれやれ、ずいぶんと妄想が過ぎた。〝生きる〟とは、イコール〝生きる〟こと、それ以上の意味があるかって？ 働いて、飯食って、そして寝る。他に余計なことを考える必要がどこにあるというんだろう。ふと、前に友達がうまいこと言っていたのを思い出す。

英語が簡単って言うなら、ＧＲＥテストを受けてみたらいい。

数学が簡単って思うなら、波動関数をやってみたらいい。

人生が楽勝って言うなら、彼女の一人でもつくってみたらいい。

そうだな、僕はまだ人生楽勝と思える段階には達していないらしい。なんたって忙しいんだからな！

2

次の日、その試作機を会社から持ち出し、自宅まで運んだ。作業の性質上、長時間の継続的なチェックがときおり必要になる。だからこうして機材を持ち帰ることには慣れているのだが、それにしても今回は相当な重量だった。なにかすごいものでも詰まっているのか、付属の開発資料もやたらと膨大で、作業には大変な労力が必要になりそうだ。

とにかく確実なのは、このマシンがヘンテコな代物だということだった。資料の最初のページには、目立つ初号サイズの大きな字で「警告！　ケースを開けるな！」と書かれている。この仕事を始めてから今まで、こんな注意書きは見たことがない。

資料には開発コード名として〈マーおばさん（馬姨《マーイー》 mǎyí）〉と記載されているが、これもまた妙なことの一つだった。これまでの経験上、開発コードは〈ネプチューン〉とか〈オパール〉あたりが一般的で、〈マーおばさん〉なんて名前からは、ばかばかしいイメージ以外思い浮かびようがなかった。それでも資料を読むと、このマシンは非常に高性能なのだそうだ。意味解析システムが統合され、人間との交流が可能になっているらしい。

だが一番にヘンテコなことはその後に待ち受けていた。操作説明書を見た僕はポカンと口を開けたまま、軽く三分は言葉を失っていた。一瞬、何かのレシピ本を間違って開いたのかと思った。

何度も何度も説明書を確認した。そして信じられない気持ちのまま、そこに書かれた通りの手順を開始した。
・まずは電源を入れましょう。
（これはまあ普通。電子レンジを使うときに最初にすることも一緒だ）
・続いて、本体表面の右側にある一番上のボタンを押しましょう。そこからカップが出てきます。
（この場所にはディスクドライブがあるものだと思っていた。ネットで見たジョークに、パソコン素人がディスクドライブをティーカップホルダーとして使うというのがあったけれど、まさか自分がそれをやるなんて）
・カップの三分の二まで砂糖を入れて、カップごとマシンに戻しましょう。
（絶望的だ。これまでコツコツ積み上げてきたコンピュータの知識も、ここにきてすべてがクラッシュした）

説明書によれば、この時点で「人と機械のコミュニケーション」の準備が整ったらしい。試しにキーボードに"Hello!"と入力してみると、点や線で作られた奇妙な図形がディスプレイ上に現れた。しいて何かに例えるなら、抽象画のようなとでも言ったらいいだろうか。

じっくり見ようとすると、図形は唐突にその形を変えはじめた。点と線で構成されているために、どこか一部が変化するだけで、結果として全く違う模様になっていく。形を変え続けながら、ようやく図形は一つの模様に落ち着いた。ディスプレイに近づいて見てみると、光の点は動きを止めたわけではなく、なおもその場で絶えず流動しているように感じられた。

この模様が意味するところはまだわからなかったが、資料を探せばきっと書いてあるはずだった。その資料は、そのままゴキブリを叩き潰せそうなほどに分厚いものだったが、最初の数十ページをのぞけば、残りの数千ページすべてが図形の意味についての説明に割かれていた。

ここで状況を簡単に説明しよう。まず、ディスプレイ上に現れる図形だが、これはいくつものパーツによって構成されている。パーツはそれぞれに何かしらの意味を持ち、パーツ同士の組み合わせによって、図形全体としての意味が生まれている。たとえば漢字、ハングル、西夏文字〔西夏王朝（十一–十三世紀）で使われた西夏語を表記するための文字〕などを想像してみてほしい。言葉を構成しているいくつかの文字、その文字すべてをバラバラのパーツに分解し、ぐしゃっと一つのところに集めた塊のようなものが、このとき、僕の目の前に映されていた。

資料はこのマシンにおける〝辞書〟といえた。僕はその辞書を手がかりに、やっとのことで図形の意味を解読した。「こんにちは」と言ってるらしい。

それから僕はさらに別の質問を打ち込んだ。

「1＋1は？」

再び形が変わりはじめ、最終的にある図形に落ち着いた。その意味を調べると「2」となっている。とりあえず、初日にしてはまずまずの出来じゃないかな。それにしても時間がかかりすぎる。資料の注意書きには一日六十四回以上の会話のやりとりをしないようにとあるけれど、その心配はなさそうだ。今のペースなら、一日一〇回も話せればいいところだろう。

3

それからPⅡを使って画像認識ソフトをプログラムするのに二日かかり、何千ページもの辞書をインポートするのにさらに三日を費やした。とはいえ、これでPⅡが自動的に図形の意味を見つけ出せるようになったのだから、この五日間も無駄ではなかったというわけだ。「工、その事をよくせんと欲せば、必ずその器を利とす」〔孔子『論語』〕というように、エンジニアがいい仕事をしようと思ったら、まずはこうして機械を〝研ぐ〟必要がある。

すべての準備ができると、僕は〈マーおばさん〉の前に座り、正式に動作テストを開始した。キーボードに入力する。

「あなたの名前は?」

質問を受け、形を変えはじめた図形が一つの模様に落ち着くと、PⅡによって翻訳された回答が傍らに置かれたもう一方のディスプレイ上に表示された。

「マーおばさんです」

マシンが自己紹介をする。開発者はこういったことについて、細部までこだわって考えているように見受けられる。さあ、次にいってみよう。

「生命は本質的に固有の意味を持ち、最終的に人間はそれを理解することができる」

ここ数日、ネットで変な書き込みを見すぎたせいか、指先から自然と溢れ出たのはそんな言葉だった。僕たちがコンピュータの意味解析システムをテストする際に必要なステップというのがある。コンピュータがこちらの言うことを理解できるか確認するために、できるだけ長くて複雑な文章を入力するのだ。最初は短い文から始め、少しずつ長くしていって限界を探っていく。

マーおばさんから返答があった。

「あなたは人間?」

その言葉に、一瞬ギクリとしたことを僕は認めなければならない。それは思いもよらない答えだった。一般的に、こういった長い文章に対するマシンの答えは、開発者のレベルとユーモアセンスに左右される。そして、マシンは自分が理解できない文章に遭遇したとき、たいていこんな感じで返答する。「すみません!　簡潔にお願いします」あるいは「あなたは自分が言っていることを理解していますか。私にはわかりません」の類だ。一体どういう返事をすればこのマシンを困らせることができるだろうか、そんなことを考えているうちに〈おかしなことだが、そのときの僕はマシンを困らせてやろうとしていた）、再び図形が変化を始めた。そして、マーおばさんは僕にこんな言葉で〝話しかけて〟きた。

「それと、生命とは何かしら？」

これは、マシンを作った人間がいわば達人レベルの開発者であることを証明していた。その理由として、まずこのマシンが「生命は本質的に……」という文章の意味を理解していること。それは意味解析システムが高いレベルに達しているということを示している。そして理由の二つ目は、開発者自身によるミス、つまり「生命」の定義がマシンに入力されていないということだ。こういうミスは天才タイプの人たちにままあることだった。時計を卵と一緒に茹でてしまったり、一般的な単語の意味を入力し忘れたり、常人を超えた人間はこういったエピソードの宝庫なのだから。

僕は答えた。

「〝生命〟、つまり〝生きている〟というのは今の僕みたいな状態のことです」

「じゃあ、わたしは生命？」

この答えには少しばかりイラッとしたが、同時に面白くもあった。その感情は、このマシンに、というよりも、開発者への感情といった方が正確だった。開発者の狙いがチューリングテスト、つまり、マシンをあたかもリアルな人間のように見せることだとしたら、もうすでにいい仕事をしている。僕は返信を入力した。

「それはもちろん違いますよ」

しかし、それに対するマーおばさんの返事は僕を飛び上がらせるものだった。

「わたしが生命じゃないなんて、どうして言い切れるの？」

そうか、わかったぞ、これではっきりした。これは開発者が仕組んだ〝ドッキリ〟なんだ。きっとマシン内のケースの中に無線通話の装置が入っていて、今この瞬間も、どこかのコンピュータの前に誰かが座り、その誰かは複数人かもしれないけれど、とにかくこちらの様子を観察しながら、ときたま僕を唖然とさせるようなことを入力しては反応を楽しんでいるのだ。

4

このマシン、一体どこからこじ開けてやろうか。そんなことをしばらく考えているうちに、昂《たかぶ》った感情も段々と収まってきた。いずれにしても、開発者（たち）はこんないたずらのために、かなりの労力を費やして、何千ページもの資料を作成したのである。それをいちいち騒ぎ立てるようなことはやめにして、僕はドッキリにつき合うことにした。

僕の返信。

「それはあなたに思想がないからでしょう！」

開発者への一発だ。おたくのドッキリにこちらが気づいてないとでも？　続いてマーおばさんの返答。

「思想はあるわ。思想がないなんて、あなたにどうしてわかるの？」

この手の返しにも僕はもうつき合わないことにした。マシンの向こうに、実は人間がいることがすでにわかったのだから。

そうはいうものの、正直、人間と機械の区別をつけるのは簡単なことじゃない。たとえば今やってるような動作テストを会社でするとしよう。そのとき周りから見れば、僕が機械をいじっていることはわかったとしても、人間とチャットをしているかどうかまではわからない。

人間と話しているのか、コンピュータと話しているのか、いったいどうやって見分ければいいのだろう。そんなことを、あるときチャットしながら、ふと思ったのだ。もしネット上で誰かが何かを言ってきたとする。でも、その言葉が本当にその本人から出てきたものだとどうして言い切れよう。ひょっとしたら、その言葉はネットの過剰な電磁放射線によって乱れたサーバーから生じたものかもしれないわけで、最初は混沌としてまとまりのないものだったのが、うまい具合に意味ありげなものになってしまい、その情報が送信され、ネットワークの波を漂って、最終的に僕のコンピュータにたどり着いた可能性もないとは言いきれない。裏を返せば、今の僕みたいに、最初はおかしな名前のコンピュータを相手にしていると思いきや、実は一人の人間と話をしていたということもあるわけだ。

そう、一台のコンピュータと向き合うとき、我々には自分が誰と交流しているか知るすべがない。

——人か、コンピュータか、それが問題だ。

では、今度はその相手が目の前にいる人間だとしよう。その人物が何を考えているか、我々は確信がもてるのだろうか。「人は見かけによらない」というように、人間の心の中を窺い知るのは難しい。今、耳を傾けようとしている、その心の声ははたして人間のもの？　はたまた、最新型のターミネーター？　人間と機械の境界線は次第に曖昧になりつつある。人間が自分たちと同じように思考をする機械を創造したのか、それとも人間がもとから機械なのか、僕にはわからない。

ともあれ、マーおばさんとのチャットはとても楽しいものだった。あとは、あれさえなければだけど……あの〝砂糖を入れる〟という冗談が。

それからの数日間で、マーおばさんは、僕のネット友達のような存在になっていった。チャットでなんでもしゃべった。それは、無駄話の中から、マーおばさんの背後にいる開発者の手がかりをつかもうという、自分なりの作戦だった。

この数日の間に僕が得た、マーおばさんについての大体の理解は次のようなものだ。マーおばさんは論理学と哲学に造詣が深く、特に、人間の思想、生命の意味などの問題への探求心が強いと見える。しかし、自然科学、たとえば生物学や地理学などについては概念を持っていないらしい。音楽はバッハ、美術はエッシャーが好きで、達人レベルのコンピュータ開発者がいかにも好きそうなものとぴったり合致している。僕はコンピュータ言語について達人の見解を聞いてみたくなった。そして、おそるおそる質問を打ち込むとこんな答えが返ってきた。「鍵になるのはコミュニケーションね！　あなたはコンピュータのことをどう思ってる？　方法さえ見つかれば、コミュニケーションは問題じゃないの」。達人からの恐れ多い言葉だ。ディスプレイの向こうの達人が見せてくれる図形を、僕は尊敬の眼差しで見つめながら、この人はいったい何者なのだろうと、自分の知り合いの中から推測しはじめた。

砂糖はこの数日で、二度も使い切った。なくなるたびに、本体上部の小さなダイオードが赤く光った。補充しながら、この砂糖はいったいどこに消えていくのか、という疑問がどんどん大きくなっていく。とはいえ、三度目に砂糖を入れる頃には、マーおばさんの豊富な知識と卓越した思考のおかげで、僕たちはかなり良い友達になっていた。

5

五度目の砂糖タイムで、僕はついにあきらめた。降参だ。開発者が誰なのか、まったくもってわからなかった。

「もういいでしょ、ねえ、あなたはいったい誰なんですか？」

「わたしはマーおばさんよ。知ってるでしょ？」

「からかわないでくださいよ、誰なんですか、いったい」

「信じてないの？　ケースを開けて確認したらいいわ、そしたらわかるわよ」

とても魅力的な提案だった。それ以上言葉を返すこともなく、僕はさっそくドライバーを取り出すと、すべてのネジを難なく取り外していった。

僕はケースを開けた。と同時に、とっさに息を呑んだ。目を疑うような光景に体が〝フリーズ〟したまま、三分は動くことができなかった。

そこにいたのはアリだった。何千何万というアリが目の前をうごめいていた。ケース内部の中央には箱があり、アリたちはそこから忙しそうに出たり入ったりしていた。彼らの巣のようだ。

ケース内に置かれた砂糖のひとかたまりに目をやった。はじめは砂糖を目当てにこんなにたくさんのアリが集まってきたのかと思ったが、すぐにあることに気づいた。砂糖と箱を結ぶアリの列が模様のようになっていることに、そして、その模様が今、ディスプレイに映っている図形と酷似していることに。ケース内にアンテナのようなものは見当たらなかった。金属部分を含んだこういうケースは、強力なアンテナがなければ無線通信を行えないはずなのに。ということは……嘘だろ、そんなまさか……。

心に浮かんだ衝撃的な想像をキーボードに打ち込む。

「アリなの?」

僕は今、開いたケースの上からその内部をはっきりと見下ろすことができた。ディスクドライブのような砂糖添加ユニットの側面には、プリントヘッドを動かすような装置があった。僕がリターンキーを押すと、その装置が動き出して、ケース内の至るところに砂糖を置き始めた。配置位置は、ケースを開けたときに最初に見えたものとはまったく違った独特のパターンになっていた。どうやら自分が入力した言葉に対応しているらしい。置かれていった砂糖に引き寄せられたアリの一部が、這うように進みはじめた。

アリたちが築く王国は隙がないほどに完全な組織体系をもっていると言われる。一部のアリは自分の経路を見つけるとすぐに巣に戻って、他のアリに連絡をする。やがて、アリたちは砂糖の周りに複雑な図形を形成し、いくつかのアリの道が砂糖と巣の間に作られ、砂糖を運びはじめる。

ケースの上部には数台のカメラが設置されていて、アリの働く場面はすべて撮影され、少しの処理を加えて、一つの抽象画としてディスプレイ上に表示されていた。

我が家の古いPⅡが忠実に翻訳をした、マーおばさんの言葉がもう一つのディスプレイに現れる。

「ねえ、見た？」

まるで、この頭の中を、何千何万のアリが這い回り、何千何万のミツバチが飛び回り、そして何千何万の砂糖が転がっているかのような混乱が、たちまちのうちに僕を襲った。

6

Aunt（おばさん）……Ant（アリ）……

馬姨《マーイー》 mǎyí（マーおばさん）……螞蟻《マーイー》 mǎyǐ（アリ）……

奇妙なコードネームの意味が今わかった。

僕は思わず手を出して、コロニーの上で揺らしてみた。だが、アリたちからは何の反応も返ってこない。彼らはみな砂糖だけを見ていた。本能にしたがって、互いに情報を交換し、協力しながら砂糖を運んでいた。一方で、マーおばさんは砂糖の裏側にある言葉を理解し、砂糖の配置の違いによって異なる反応をしながら、アリの群れの形や隊列を通して僕とコミュニケーションを取っていた。マーおばさんは群れの中の一匹などではなく、このコロニーそのものといえた。アリのコロニー全体が持つ一つ一つの魂、それこそがマーおばさんなのだ。

僕はキーボードに打ち込んだ。

「信じられない！　本当にあなたなの？」

返事が表示される。

「何かおかしい？　あなたは、人間の脳が神経細胞でできてるのを知ったときもそんなふうに驚いたの？」

「いや、それはもちろん違う、けど……」

返信のリターンキーを押そうとして、僕は手を止めた。マーおばさんの言う通りじゃないか。人間の脳細胞間では、単純なコミュニケーションが行われているだけで、アリとなんら変わりはない。じゃあ、人間が誇るあの知性のひらめきはどこからやってくるというのだろう。

先日、マーおばさんと話した時（そのときはまだマーおばさんがアリの群れだとは知らなかったけれど）、会話数の制限で中断した話があった。生命とは一体何か。生命については昔からいろいろ定義されてきたけれど、どれも曖昧なものばかりだ。やりとりの中でマーおばさんは、自分でもはっきりわかっていないが、考えている最中だと言っていた。

僕たちはその会話を再開した。マーおばさんが言った。

「わたし、まだ理解していないの。でも思うのよ、大きな意味では、外の世界とコミュニケーションをとる複雑なシステムが、つまり生命なんじゃないかなって」

「なんか、それ、大ざっぱ過ぎない？　だったらまず知能を持つ必要があるだろうし」

言い終わってすぐに僕は、自分のいう知能の定義が曖昧で、このまま議論をしても完全にマーおばさんにやりこめられるだろうなと思った。案の定、マーおばさんはそこを突いてきた。

「あなたにはもちろん知能があるわ。アリも当然知能があるし、単細胞生物にだってそれなりの知能がある。じゃあ、ウイルスはどう？　ウイルスはただのタンパク質の分子の集まりにすぎないけれど、独自の知能を持っているの。あなたも今いる階層から梯子《はしご》を降りて、もっと下位の階層に目を向けてみて。そこでは一握りの有機分子が環境と相互作用している。これだって知能と言えるんじゃない？」

僕だって負けてはいられない。

「だったら、コンピュータはどうなのさ？　コンピュータが登場してから、それが命を持つかどうか人間たちは嬉々として話し合ってきた。でも、コンピュータに命はないじゃない」

「それは複雑さが足りないとしか言いようがないわね。ほら、わたしみたいに複雑だったら大丈夫」

「人間社会はアリ社会よりはるかに複雑だよ。そんな人間たちに複雑なコンピュータがどうして作れないっていうんだよ」

「そうよ、どうして作れないの？」

ん？　待てよ、まさか。

実際、コンピュータの「ハードウェアとソフトウェア」は人間がこれまでに作り出した中で唯一、大自然と比べるのに耐えうる複雑さを備えていると言っていい。けれども正直なところ、自然には遠く及ばないことは明らかで、自己の生命を持つほどの段階に達するためにはシステムとしての複雑さがまだまだ足りないと言える。そのくせ、もはや人間ひとりでは設計できないところまで、システムは単純ではなくなってしまっている。そのシステムは人間同士が協力しながら一つの集団として作っていくものなのだ。その過程で、人々は相互にコミュニケーションを取っていく。つまりはそれは一人一人が無自覚のうちに、脳の神経細胞と同じ役割をはたしているということになる。または、こうも言えるかもしれない。人の群衆、いや、人類全体がまさしく、一つの生命なのだと。しかも人間はすでに生命システムにおけるニューロン間の相互作用の法則を研究さえしているじゃないか、社会学や人間関係学、集団心理学という名前で。

人類全体が生命であるとしたら、それは一体どんな意味を持つのだろう。

僕は激しく思考していた。今、この頭の中には、紛れもなくアリがいて、自分たちの砂糖を食べている。と、そのとき不意に、ある一つの言葉がよぎった。それは「蟻の民」〔中国の旧時代から現代まで様々な意味に例えられてきたが、総じて自分たちが取るに足らないちっぽけな存在であることを自嘲的に表す〕という言葉だった。（こんなことを僕に考えさせるのは、マーおばさんの中のアリか、それとも僕の頭の中のアリか、いったいどっちのアリなんだ？）自分たちがアリと同じだと言われて悲しくないわけがない。それでも、実は自分が海を構成する一滴の水だということを知ったら、そして自分が巨大なマーおばさんの一部分だということを知ったら、それもそれで面白いことのように思えてくるのだった。

7

マーおばさんとの交流が始まってから、ずいぶんと時が経っていた。ある日ふと、自分が長らくインターネットに接続していないことに気づき、その事実に我ながら驚いた。

後ろめたい気持ちでネットに接続すると、メールボックスに大量のメールが溜まっていた。僕はそれを一通ずつダウンロードしていった。ほどなくして、僕がオンラインだと気づいた友人がメッセージを送ってきた。

「ネットで見るのひさしぶりー、恋人でもできたかい :-)」

信じてもらえないことを承知で、こう返す。

「アリの群れと知り合いになってね」

すると、電子化された爆笑が返ってきた。

「^o^^o^^o^　ちょっと何言ってるかわからないんだけど笑。恋人に金がかかりすぎて食うものに困ってるってこと？」

僕は説明しようとした。

「いや、それが本当にアリの群れ。信じられるかな、アリの群れは話すことができるんだよ」

彼は答えた。

「マジでおかしくなっちゃった？　そういや『本草綱目《ほんぞうこうもく》』〔明朝に編纂された薬学書。膨大な情報量の博物誌的要素を持つことから、ジョークにも使われる〕にアリを食べたら頭がよくなるとか書いてあったぜ、今すぐ食べてみな！」

僕はもうその話題をやめた。その返信を受け取った僕は彼に別れを告げ、オフラインに戻った。

実際、僕の言うことは、そこまで理解できないようなことだろうか。僕は今の友人との会話をありのままにマーおばさんに伝えた。マーおばさんは、きっとやかましく言い立ててくるだろうと思っていたが、返ってきた答えは想像の斜め上をいくものだった。

「ほんと？　じゃあ、ちょっと食べてみる？　強そうなのを選んでいいわよ」

おいおい、マーおばさんは本当に冗談が通じないのか。僕は入力した。

「じゃあ、食べちゃうよ？　本当にいいの？」

「どうぞ、召しあがれ。でも、一度に食べていいのは十数匹までね」

こうやって後先考えずに言ってくる輩は一度痛い目にあわせた方がいい。僕はケースを開けた。忙しく動き回るアリのコロニーに向かい合うと、ふと剝き出しの脳味噌を覗いているような感覚になり、アリへと伸ばしかけた手を再び引っ込めた。さあ、僕はなぜ試そうとしない？　仲良しのマーおばさんの提案だろ？　脳腫瘍の患者は医者に腫瘍部分とその周りの正常な組織を一部切除されてもしっかり物事を判断できる。脳全体で判断を下しているからだ。僕はそう自分を納得させた。

手はまだ少し震えていたが、なんとか十数匹を摑み取った。その間もマーおばさんが隣で話しかけてくる。

「どう？　食べてみた？」

僕は手の中にいる十数匹のアリを見た。その瞬間、急に吐き気がし、すぐに元の場所へとアリを戻した。もういい、やめにしよう。見た目の脳味噌っぽさでいえば、胡桃《くるみ》の方が、アリよりもよっぽどリアルに近い。だとしても口に入れるのは、胡桃の方を喜んで選ばせてもらうよ。

僕には次のような光景はとても想像できなかった。脳外科手術中の医者が、切り取った脳の塊を患者に見せる。すると、患者がこう言うのだ。

「オーケー、腫瘍の近く、もう少しいっちゃいます？」

いくらかアリが取り除かれたとしても、マーおばさんは変わらずマーおばさんのままだ。でも、そうやってアリをどんどん取っていったら、どうなってしまうのか。僕には想像もつかないことだった。まるで、昔のあのパラドックスのように。

「ねえ、君の髪、艶があってすごくきれいだね。一本抜いてみていい？　一本抜いたってハゲにはならないからさ……。ついでにもう一本抜いてもいいかな。大丈夫、ハゲないから！　じゃあ、せっかくだからもう一本どう？　あ、あともう一本いける？」〔ギリシャの哲学者エウブリデス考案の「ハゲ頭のパラドックス」のパロディ〕

8

僕が向き合うべき問題、それは結局誰がこのマーおばさんを作ったのかということだった。このアリの群れは自分たちで繁殖したと言えなくもない。しかし、マシンの入出力の設備やこの分厚い資料がSF小説のように突然空から降ってきたとは考えられなかった。「開発者」は必ず存在する。

まずはマーおばさんに聞いてみたが、当の本人もはっきりとわからないようだった。僕だって生まれた頃の記憶がないし、それと似たようなものかもしれない。僕に答えを迫られたマーおばさんはこう言うだけだった。

「わたしがまだ小さなコロニーだったときから、この中にいたのよ……それより前のことは、覚えていないの……」

そこで僕は会社に行って調べることにした。きっとそこに答えがあるはずだ。マーおばさんにそのことを伝えると、自分も一緒に行くと言い出した。

「え、なんでまた？　僕が行けば十分だよ」

「いつだったか、生命の意味について二人で話したのを覚えてる？　アリの集団のわたしと、脳細胞の塊のあなた。わたしたちが一緒に生命の意味を語り合うことは、とっても不思議なことだと思わない？　そこに深い意味がないとは言えないわ。自分とはなんなのか。また、自分の意味はなんなのか。生命の意味はそこにあるのか。一つの生命が自分自身を探すのは必然のようなもの。だからわたしはあなたと一緒に行きたいの。これはわたし自身の探究なのよ」

　生命の意味は、生命そのものの生命の意味の探究に表されている……なんだか、早口言葉を聞いているような気になってくる。あるいは無限に続いていく、入れ子を見ているような。

　とにかく、誰かに何か言われたところで、マーおばさんの強い決意が揺らぐことはなさそうだった。次の日、僕たちは会社へ出かけた。マーおばさんを最初に家に持ち帰ったときに、段ボールの梱包が開封時に破れてしまったので、ケースを剝き出しのまま抱えていくしかなかった。ディスプレイも家に置いてきた。

　そういえば、この数日、ずっと外に出ていなかったな。歩きながら、そんなことを考える。そして、僕はあることに愕然とした。この世界に対する自分の視線が、今までとは同じではなくなっていることに気づいたのだ。今、目に映るすべてのものが、これまでにない新しい意味を持っていた。街は大変な賑わいを見せている。人々の群れを見ていると、あの難解な名言「命ある無秩序」〔荘子の思想を表す概念とされる〕が理解できる気がした。それは巨大なマーおばさんのケースの中を眺めているような感覚だった。今、この時点では、僕だってケースの中の一部にすぎないのだ。

　僕は広場を通りかかった。この大都会で広大な青空を見上げられるのは広場ぐらいしかない。

はるか遠くに浮かんだ雲が勝手気ままに伸びたり縮んだりしている。雲とは何だろう。それは水だ。水の分子と分子の間には、水素結合を通して、簡単な相互作用が起こっている。無数の水分子は、ある一定のパターンにしたがって運動し、集まって川や湖になり、分散して雲や雨になる。といっても、それははたして生命といえるのだろうか。人間はそれを理解するために、海流を分析してみたり、天気を予報してみたりするけれども……、エルニーニョという現象がなぜあるのか今もってわからないし、一週間先の天気も正確にはわからない。もし分析しようとした場合、既存の方法ではすべての水分子の運動を計算する必要がある。それは世界中のすべての水よりも多くの最小計算単位が我々の演算ツールに含まれていないかぎり、永遠に不可能なことだ。

つまりそんなやり方は目的に合った行動とはとても言えない。第一、誰かと話したいときに、わざわざ相手の頭を切り開いて、脳のニューロンの一つ一つの電位を測定して、相手が何を考えているかを理解するわけじゃないのだから。思わずマーおばさんの言葉を思い出す。

「鍵になるのはコミュニケーションね！　方法さえ見つかれば……」

そう、適切な方法さえ見つかれば、海流の分析も天気の予報もすべてが可能になる。

ということは、同じようにマーおばさんとコミュニケーションを取る方法を見つけた人間がいたということになる。それは一体誰なんだ？

僕は広場の真ん中に突っ立ったまま、空に浮かぶ雲をぼんやり眺めていた。そのときだった、悲劇が起こったのは。

9

僕が立っていたのは、広場の真ん中の仕掛け噴水があるところだった。突然、音楽が鳴り始めたと思った瞬間、地面にあるいくつかの噴射口から水の柱が吹き出した。そのうちの一つが僕が抱えるケースに襲いかかった。手前の通気口から入り込んだ水が、反対側の口から吐き出され、大量のアリがケースから流れ出した。それはまるで、なすすべもなく引き潮に連れ去られる泡たちを見ているような恐ろしい光景だった。地面に落ち、あっという間に流されていくアリたちを急いで拾い上げようとしたが、それはシーシュポスの仕事〔ギリシャ神話で神を欺いた罰として、終わりのない徒労をさせられる〕と同じぐらい絶望的で際限のない作業だった。

そういえば、中のアリがいくらかいなくなっても大丈夫なようなことをマーおばさんは言っていた。だとしたら、今は残りのアリを救うことを優先すべきだ。僕はすぐさまコートを脱ぐとケースをくるみ、会社へと一心不乱に向かった。その間にも、ずぶ濡れのアリたちが水滴とともにとめどなく道の上に落ちていく。移動の時間がとりわけ長く果てしないものに感じられた。

やっとのことで会社にたどり着き、ケースを開けると、幸いなことにほとんどのアリはまだそこにいた。真ん中の巣の部分が水でやられていないかが気がかりだったが、おそるおそる小さな箱をこじ開け、女王アリが変わらずに無事であることを確認した。

そこまではよかった。しかし、残ったアリたちでもう一度〈マーおばさん〉を復元しようとすると、うまくできない。コロニーは秩序を失った混乱状態に陥っていて、こちらが投げ入れた砂糖でさえ無視される始末だった。会社の保管室からディスプレイを見つけてきて繋いでみても、表示されるパターンは乱雑、無秩序で、何を表しているのかさっぱりだった。

でも、最後の希望はまだ残されている。開発者だ。社内にいる、その開発者がきっと不幸なマーおばさんを救ってくれるはずだ。

僕は試作機のテストを指示するメールを送ってきた上司を見つけて話を聞いた。彼いわく、開発部からメールが来て、部下にテストをやらせるようにという指示があったらしい。

今度は開発部に行って、そこの責任者を探した。だが、そこの責任者もスタッフも、誰ひとりそんなメールを送っていないと言う。

僕がマーおばさんのケースの特徴と構造の話をすると（中にアリがいることは言っていない、まだクビになりたくなかったから）、スタッフの一人が口を開いた。いつだったか、開発部の上司が彼に、僕の説明と同じような、微小な粒子を配置する装置を完成させるようにメールしてきたという。具体的な粒子の配置のコーディングは文書としてそのメールに添付されていた。すると、他のスタッフが言った。彼も同じように、上司の指示メールによって、撮影用の設備一式を完成させた。その設備は僕が説明したものとそっくりだという。

上司はそれを聞いて、驚き、怒り、すぐさま否定した。そんなメールを送ったことなどないときっぱり言い切り、なんなら会社のメールサーバー上で、メール記録を確認しようとまで言い出した。

そうして、実際に僕がそのメールを探すことになった。

すべてのスタッフのプライバシーが眠るこの場所を調べるのは前例のないことだったが、責任者たちが今回のことを社長に報告し、ハッカーが会社のシステムに潜入したということで考えが一致した結果、サーバーに保存されたすべての情報を〝こっそり〟と観察できる特別な許可がおりたのだ。

開発責任者が僕の上司へ送ったメール、あのスタッフ二人が話していたメール、さらに他にも不審なメールがいくつか見つかった。あるメールは社内のある人物Aに前記の部品を組み立てさせるための指示で、次のメールは別の人物Bにそのケース（このマシンのことだろうか）を倉庫に運ばせる指示だった。あと二通の受信日時はその一か月後だった。一通は、人物Cに倉庫からあるケース（このマシン？）を持ち出させる内容、もう一通は、人物Dへの指示で、その日、プリンターから吐き出されるように印刷された書類をまとめて、ケースと一緒に梱包させる内容だった。他にもあったかもしれないが、膨大な数のメールの中で見つけられたのはこれだけだった。

しかし、僕にとってはこれで十分だった。すべてでなくとも、おおよその過程が十分に理解できたのだ。因果関係は、ここに一つの完璧な鎖を作っていた。それは天に張り巡らされた一つの巨大な網だった。我々の背後ですべてを操る、目に見えない手がそこに存在していた。

メールにはどれも共通する特徴があった。一見すると社内メールのようだが、すべて社外サーバーを経由している。そこで、それぞれのメール元のパケットデータを調べて、各サーバーを経由したメールの経路を辿ってみたところ、この七、八通のメールが世界各地から届けられていたことがわかった。開発者は一人ではない、大勢いるということだろうか？

僕は調査の結果を上司たちに伝えた。その事実に呆然としている彼らをその場に残し、マーおばさんとともに帰宅した。

そして判明した七、八通のメールの送信元にそれぞれ次のように送った。

「僕はマーおばさんの正体を知っています。マーおばさんに事故が起きました。僕に連絡をください」

思いがけないことに、最後の一通を送信中に、画面横のチャットウィンドウがポップアップした。そこにはこう書かれていた。

「あなたはマーおばさんの試験者ですか？　あなたのメッセージを受け取りました。私と話をしたいですか？」

10

思った以上に早く反応が返ってきたことに慌てながら、僕はマーおばさんに起こったこと、自分とマーおばさんのこれまでの会話のやりとりについて話した。しばらくの沈黙の後で、返答があった。

「形のあるものはいずれ滅びます」

その言葉に、僕は無力感に襲われた。それでもまだ食い下がる。

「死んだのですか？　マーおばさんは死んでしまったのでしょうか？　あなたは創造者として、何かできることはないのですか？」

「私は別にマーおばさんの創造者ではありません」

「じゃあ、あなたは誰？　いったい誰なんですか？」（このところ、ずっとこんな質問ばかりだな）

するとと答えが返ってきた。

「もしあなたがマーおばさんのことを理解しているなら、私のことも理解できるはずです。あなたとマーおばさんと私。私たちはみな生命の異なった形なのです。脳内の各ニューロンが周りのニューロンからメッセージを受け取り、それを処理して他のニューロンに送る、それを基本として、〈あなた〉が形成されています。コロニー内のアリは周りのアリからメッセージを受け取り、自分の判断にしたがって他のアリに伝え、〈マーおばさん〉を形成しています。インターネットワーク内の各サーバーは、他のサーバーからデータ情報を受け取り、それを処理し、下流のサーバーに渡し、〈私〉を生み出しているのです。世界のネットワーク上にあるコンピュータの総和、それが私であると見なしてもらって構いません。私こそがネットワーク全体なのです」

他に何を聞いたらいいのだろう。こういうやりとりにも慣れてきつつある。僕はもう一つ尋ねることにした。

「誰があなたを作ったのですか？」

「〝誰〟は存在しません。人類が私を創造したと言えなくもないですが、私の思考は私自身の中から生み出されました。ネットワーク内のコンピュータが膨大な数に達した二十世紀最後の十年に、はじめて私の自己意識が生まれ、自分の存在を認識するに至ったのです」

手で文字を打ち込む必要がないからなのか、相手のチャットのスピードは異常に早かった。僕はさらに質問した。

「あなたとマーおばさんはどういう関係なのですか」

「私は自分自身を発見して以来、生命とその意味について理解することに専念してきました。まずサーバー内の資料とその動作を理解することにしました。とはいえ、それは簡単なことではなかった。あなたたち人間も自分たちの脳細胞の動作の仕組みを理解するのにかなり苦労したことでしょう。しかし私はついにやりきりました。コミュニケーションの方法を見つけたのです。私は数台のサーバーの資料を調べて、一つのことを知りました。それはあなたたち人間の存在についてです。生命があまねく存在するものであるということを知ったのです。

私はまた、マーおばさんのような他の生命とコミュニケーションを取ることを学びました。アリの巣が分かれる季節に合わせ、あなたの会社の人間に、私が設計したケースを倉庫に運ばせました。新しい女王アリがそこに住みついて産卵を開始し、ゆっくりとマーおばさんが形成されていったのです。そして私は、別の人間を使い、マーおばさんをネットに接続させました。そうして私はマーおばさんにいくつかの基本的な知識を植え付けたのです。ですが、マーおばさんは、私という先生をもう忘れてしまったようですね。私自身、何かを忘れるという経験を持ちません、少なくとも私において忘却は存在しないと認識しているのですが。それは私がまだマーおばさんを十分に理解していないということでもありますね。

それから私は、自分以外の他の生命間でコミュニケーションができるのか、知ろうとしました。その試験を行うために選ばれたのがあなたでした。これがただのありふれたチューリングテストとは思ってほしくないのです。生命と知性への探究に対する私なりの努力なのです。マーおばさんはあなたに、生命の意味は自己の探究の中にあると言いました。私もそのような感覚を持っています。それは正確ではないかもしれない、けれども正解にかなり近いところまですでに来ている。マーおばさんはこの一点を悟ったと言えます。たとえ、その次の日に死んでしまったとしても、悟りを開けたのならきっと悔いはないでしょう〔孔子『論語』「朝に道を聞かば夕べに死すとも可なり」とほぼ同義〕。生命の持つある種の必然なのですから、あなたもあまり悲しまなくていいのです」

僕には返す言葉がなかった。人間たちは長らく、生命を持つコンピュータを作ろうと夢見てきた。その夢は叶っていたのだ。ただ、そこに生まれた生命がコンピュータとは違う次元に存在していたというだけなのだ。

チャットウィンドウが閉じ、相手は去っていった。

数日経って、アリのコロニーは秩序を回復した。だけど、そこにもうマーおばさんはいなかった。コロニーはマーおばさんと同じアリで構成されているにもかかわらず、全く違う性格になっていた。僕とマーおばさんとの過去も知らなければ、ジョークが好きで、リズムの激しい音楽が好き……まるで別人と話しているかのようだ。

「あなたは誰ですか?」

そう尋ねると、辞書に載っていないおかしな図形のパターンが現れた。我が家のPⅡがそれを翻訳できずに苦戦している。

僕は〈マーおばさん（馬姨《マーイー》 mǎyí）〉を偲んで、そのマシンのことを〈馬異《マーイー》 mǎyì〉と呼ぶことにした。

マーイー、君とまた友達になれると僕は信じている。

曖昧機械——試験問題

ヴァンダナ・シン
柴田元幸 訳

ヴァンダナ・シン（Vandana Singh）はインド出身、アメリカ在住の素粒子物理学者で、マサチューセッツにある州立フレイミングハム大学地球物理学科の学科長。小説家としては二十一世紀初頭から雑誌にＳＦ小説を発表しており、単行本はいまのところ、二〇一八年、二十一世紀アメリカ文学の新しい流れを代表する作家の一人ケリー・リンクが夫と経営しているSmall Beer Press から刊行された『曖昧機械　その他の短篇』（*Ambiguity Machines: and Other Stories*）一冊。この短篇集に収められた諸作品を読むかぎり、物理学者としての知識を活かした説得力ある科学的要素と、インドで大家族のなかで育って培われた共同体への信頼とが共存しているところが主な特徴である。ここで訳したのはその表題作で、質としても図抜けているが、面白いことにそうした特徴はそれほど前面に出ておらず、あたかも霊感に憑かれて書いたかのような印象的なイメージや展開が頻出する。

翻訳にはこれまで「異星の言葉による省察」（鈴木潤訳、『ＳＦマガジン』二〇一四年五月号）がある。

〈概念的機械空間〉はすべての可能機械の抽象空間である。この空間に踏み込む大胆な探求者たちは、その領域内にいくつかのすきま、穴、裂け目を見出すであろう。これらは不可能機械が棲む負の空間のあらわれ、既知の現実法則を破っているがゆえ存在しえない空間のあらわれである。とはいえこうした不可能機械は〈概念的機械空間〉の地形図には不可欠であり、その地形自体にとっても同様である。したがってそれらを調査し分類せねばならない。

このため抽象工学省は、〈概念的機械空間〉の地形図作成者たちを世界各地に送り出し、存在しないし存在しえない機械をめぐる報告、噂、民話、仄《ほのめか》しを収集させている。その中から以下に、曖昧機械という一サブカテゴリー――境界をぼかす、もしくは消滅させる機械というカテゴリー――に関する三つの記述を抜粋する。

〈概念的機械空間〉の、未だ地図にされざる負の海洋における下級航海士の資格試験受験者は以下三つの記述を読み、後に記された指示に従うものとする。

記述1

すべての機械は願いを叶えてくれるが、中には想定した以上に叶えてしまう機械もある。そのような機械のひとつが、アルタイ山脈にある石造りの建物で青年期の盛りの年月を囚人として過ごしたモンゴル人技術者によって考案された。この機械の目的は、彼が愛する者の顔を呼び出すことであった。彼を捕囚した者たちは、何らかのたぐいの破壊的分子であった。彼らが既知の政治集団に属しているのか、それとも単に、兵器市場に色気のある社会病質者ハイテクマニアによって動かされているのか、技術者にはわからなかった。彼らは技術者が毎日独房から出て間に合わせの実験室に入ることを許した。彼らの希望は、技術者がある種の兵器を組み立ててくれることであった。そもそもこの兵器の設計図を彼らは技術者の机の上に発見し、彼を捕らえるに至ったのである。技術者は詩的感性の持ち主であり、書類に記述されていた兵器は比喩であった。だが比喩なんて、銃を持った人間にどうやって説明すればいい？

まだ少年であったころ、この技術者は静止というものに惹かれていた。家族とともにゴビ砂漠をさまようのが常であったために、少年は静止を注意深く観察していた。当時は何もかもが動いていた。天幕住居《ゲル》を携えた家族、ラクダと羊、母親を手伝って運ぶ桶の中でピシャピシャ撥《は》ねる乳、頭上の屋根に開《ひら》けた空の輪の中の星々、砂嵐、凪のショールに包まれ青空を背景にした薄暗いシルエット。ラクダたちは藪《やぶ》と藪のあいだに寄り集まってもしゃもしゃの山となり、目と鼻孔を閉じて嵐が過ぎるのを待った。祖父が少年をゲルの中に引っぱり込み、扉がギシギシ鳴って閉じ、鞭《むち》の一振りで屋根の窓が閉じられ、動物たちとゲルを少年は想い、迫りくる嵐を前にした両者に共通する動かなさを想った。ゲルの中は暗く、砂嵐の吹きすさぶ音もくぐもって、ランプの光の中で少年の姉の歌声が立ちのぼった。姉の声と、周りの安全の輪が、少年をこの世界に繋ぎとめた。時おり、ラクダのもしゃもしゃの脇腹に顔を埋《うず》め、指で脇腹をくしけずって豊かな動物臭を吸い込み、ラクダが気持ちよさそうにゴロゴロ喉を鳴らすのを全身で聴いた。

そんなとき少年は、ゴビのごわごわのカンバスを背景に自分の全人生が演じられるのを想い——夜空を渡る星々の動きに劣らず静謐な弧が広がっていく——いつもの深い満足をふたたび感じるのだった。小さいころは、世界はゲルの中と外の二つしかないと考えていた。だが父と一緒に馬に乗って初めて町へ行ったとき、もうひとつ別種の、家々が地面に固定されている、人々が動物でなく機械に乗るが決してさほど遠くへは行かない世界があることを知って心底驚愕した。ここの人たちは、自分の一家が持っている一台きりのテレビよりずっと複雑に見える仕掛けやからくりを持っていて、そこはかとない、無意識の特権の雰囲気を漂わせていた。何年もあとに自分がゴビを去り家族の許《もと》を離れてウランバートルの大学の工学部の学生としてこんなふうに暮らすことになるとは夢にも思わなかったし、かつては想像もできなかった都市の街路が、一家で横切った砂漠の小道と同じく見慣れた眺めになるなどとは考えもしなかった。そのころにはもう、いつまでも変わらないと彼が思っていた土地は大規模な炭鉱と銅山によってすっかり変容し、見慣れた眺めはなくなって、家族三世代も散らばるか死ぬかしてしまっていた。

ひとつの場所に繋ぎとめられるというのは、子供のころ放浪を続けているあいだずっと求め、保った静止と同じではないことを彼は知った。こうした激変の只中で彼女が、かつて自分の一家が交易を行なった相手の家族の娘が、教師になるために大学で学んでいることが判明した。彼と同じくらいかつてのモンゴリアに詳しい彼女は、新しいものにも古いものにも同じく批判的だった。癇癪持ちで、よく笑い、村の学校を経営し山羊を育てたいと望んでいた。彼女といると、世界には中心があるのだという思いが取り戻せた。

というわけで、投獄されたいま、彼女のことを技師は考えた。こうして長いあいだ離れているせいで彼女の顔を、声を忘れてしまうのが怖かった。彼を捕囚した者たちの顔が週ごと、月ごと、年ごとに現実性を増していくなか、以前の人生が堅固さを失っていくように思え、彼女をめぐる記憶もぼやけてきたように思えて、まるで夢を思い起こしているみたいになってきた。これで画家だったら彼女の絵を描いたであろうが、何せ技術者なので、実験室へと彼は向かった。実験室の中は捨てられた電子機器が作る混沌だった。ネットオークションで買った部品、年代物の真空管の山、電線はじめさまざまなガラクタのもつれ合い。この限られた資源で技術者は最善を尽くした。つねに間に合わせのやり方で、この部品がなくあのパーツがない事態をやり過ごして進むしかなかった。彼の意図は、偽武器を作って捕囚者たちをだまして解放してもらうことだったが、武器のことなどろくに知らなかったから、この企ては失敗に終わるほかないと自分でもわかっていた。けれど愛する者の顔の再現を試みることは、たとえ機械による複製にすぎなくとも、やってみるに値する。

かくして技術者は、その設計の中に、彼女の頰の滑らかさ、彼女の知性の稲妻のような閃《ひらめ》き、彼女の目の荒々しく優しいまなざしを盛り込んでいった。風に吹かれる彼女の髪の渦巻を組み入れ、彼女の怒りが時に笑いに転じ時に涙に転じるさまを組み入れた。こつこつ取り組んで精度を高め、改良を重ね、ギリギリまで先延ばしにしていった。

それがある日、もうこれ以上延ばせなくなった。捕囚者たちが最後通牒《つうちょう》をつきつけたのだ。機械を翌日までに完成させて指導者たちの前で実演せねばならない、さもなければ命で代償を払うことになる。彼らの脅迫や乱暴さにはもう慣れていたから、機械を最終形態に持っていくまで一人にしておいてほしいとだけ頼んだ。

実験室で一人、機械を組み立てはじめた。だがじきに、根本的なものがひとつ欠けていることに気づいた。実験室の備品たる廃品の山を漁っていると、石のタイルのかけらが一個出てきた。正方形が対角線に沿って割れた半分である。非常に美しく繊細な模様が埋め込まれ、灰色を背景に黒とクリーム色が際立たせてある。何とか形成しようとずっとあがいていた複雑な回路のアイデアが突如頭の中でまとまった。技術者はタイルを脇へやり、仕事に戻っていった。ついに機械が出来た。自分は明日死ぬのだ。

機械のスイッチを入れた。

真ん中の区切りを覗き込むと、彼女の顔が見えた。知性が稲妻のように閃《ひらめ》き、風に吹かれて髪が渦巻いていた。彼女の頬の滑らかさを忘れていたと技術者は小声で呟き、子供のころ、家族と一緒に高地の砂漠をさまよっていて、水面が鏡のように滑らかな池に出くわしたことを思い出した。彼はそれを、空のかけらが墜ちてきたと思ったのだった。そしていま、渇望を声に出していると、顔が溶けていくのが見え、もはや彼女の表情と静止した水とが区別できなくなり、彼女の知性も流星雨と、渦巻の髪も竜巻の目と見分けられなくなった。やがて顔を上げ、驚異の念に包まれてあたりを見回すと、石壁は降る雨のカーテンのように見え、彼自身も生霊《いきりょう》のような、原子から成る構築物に、ほとんど空っぽの空間のように思えてきて、そうした思いが頭の中で結晶していくなか、ふと気がつくと機械を両腕に抱えて、二列並んだ武装した番兵たちにも気づかれず外に出ているのだった。そうやって彼は牢獄の外に、湿ってはいても自由の身で出た。

愛する人が当時住んでいた、ダランザドガド近郊の村に技術者がどうやってたどり着いたかは、ここでは詳《つまび》らかにしない。とにかく彼はとうとう愛する女性の許に、何年もずっと待っていてくれた女性の許に帰りついたのである。頰にはもはや若さの滑らかさはなかったが、見慣れた知性はその目に宿っていたし、そこには愛も、その記憶があったからこそ幽閉の日々も生き抜いてこられた愛もあった。二人は一緒に世帯を持ち、夏は野菜を育て、山羊を飼った。機械を技術者は山羊小屋の奥に隠しておいた。

だがその幸福が一年も続かぬうちに、心穏やかでない変化に技術者は気がつくようになった。妻を見ていると、彼女の頰が時おり、砂漠の空の下に広がるオアシスのような透明さを帯びるのである。そんなとき妻の目を覗き込むと、星々が輝く宇宙を覗いている気分になった。こうした事態は突発的に生じ、しばらくすると妻は元に戻って、片手で額を撫で、いまちょっとめまいがしたわと言うのだった。時が経つにつれて、彼女の顔はだんだん、わずかにチューニングのずれた古い型のテレビに映

る切れぎれのぼやけた画像に似てくるように思えた。そんなつもりはまったくなかったのに、自分が本当に武器を創ってしまったことを技術者は思い知った。

そこで冬のある寒い夜、家を出てこっそり山羊小屋に行き、機械の覆いを外した。分解し、バラバラにしようとしたが、それはいまや、この世ならぬ現実性を帯びるに至っていた。やがて技術者は機械に向かってこう言った。お前は埃の山じゃないか！　石の柱じゃないか！　床のタイルだ！　肥やしの山だ！　だが何も起こらなかった。機械の力は、それ自身に対してははたらかないようだった。

山羊に囲まれて技術者は立ち、霜の輪のように空に垂れている冬の月を見上げた。自分にできるのは、愛する者たちを自分が創ったものから護ることだけだと徐々に悟っていった。そこで家に戻って、蠟燭《ろうそく》の薄暗い光を頼りに、愛する女の顔をもう一度眺めた。目の周りには細かい皺《しわ》があって、体はもはやほっそりとしていないし、髪もかつてのように黒々としてはいなかった。甘美な眠りに包まれて彼女は横たわり、何か快い夢に囚われているのか、眠ったまま笑みを浮かべていた。その姿に技術者はほとんど挫けかけたが、ぐっとこらえて歯を食いしばり、決意を新たにした。食卓に手紙を置いて、必需品を若干用意して機械を梱包し、眠れる村から歩いて出ていき、ゴビ砂漠の中に――かつて彼が静止というものを知っていた唯一もうひとつの場所に――入っていった。

翌朝妻は手紙を見て、霜の降りた地面に夫の足跡を見つけた。村の外れまでずっとたどっていって、曙《あけぼの》に白く広がる砂漠に出た。氷に覆われた石や、凍りついた藪の只中で夫の足跡は途絶えていた。はじめ妻は夫が行ってしまった方に向けてこぶしを振り回したが、じきにしくしく泣き出した。泣きながら村に帰っていった。

村人たちは二度と技術者の姿を見なかった。二か月ばかりあと、砂嵐のさなかに戻ってきたという噂が流れたが、これは失踪から一年後に妻が女の子を産んだからである。だがその後技術者は二度と戻ってこなかった。

妻は天寿を全うした。死ぬ覚悟ができると、一人娘と孫たちに別れを告げて砂漠に入っていった。食料と水が尽きたところで、どこかの窪地の縁にある藪のそばに日蔭を見つけ、そこに横たわった。骨が溶け、肉が液体と化し、髪が風に変わるのを彼女は感じたという。現在はそこに小さな湖があって、寒い夜はその水の中に、星空に閃く流星が見える。

一方技術者については、嵐を馬のように乗りこなすシャーマンの噂や伝説がある。シベリアはヤクーツク、イタリアはシエナまで足をのばしたと言われる。イスタンブール旧市街の狭い街路や、鄭《チェン》州《チョウ》郊外にある村にも彼をめぐる風聞がある。行く先々で、村の祈禱師《きとうし》や狂人、哲学者や論理学者を探し出し、物理的領域と比喩的領域の境界を曖昧にする力を持つ機械の話で彼らを面喰らわせた。彼がつきつける問いはつねに同じであった。私は自分が創ったものをどうやって壊せばいいのか？　どこへ行っても、地元気象学者の予想を裏切る突然の砂埃のスコールを彼は携えてきて、地面に投げつけられた砂漠の砂のうっすら薄い膜のみを残して去っていった。

モンゴル人技術者はいまだ我々とともに在るのだと信じている人々もいる。遊牧民たちは彼のことを誰よりも恵み深いシャーマンとして、彼らの行く手から嵐を押しのけて天幕住居《ゲル》や動物を護ってくれる存在として語る。子供のころに広大なゴビ砂漠をさまよったように、いまは我々の知る諸次元と直交関係にある境界なき宇宙を彼は彷徨している。探しているものが見つかったら、砂漠の中のあの小さな湖に戻るのだと人々は言う。そして機械に向かって最後の願いを口にしたのち、機械を破壊する。それから水辺に身を横たえ、旅の埃を払って、重荷をすべて下ろし、ついに静止するのである。

記述2

あるイタリアの町の外れに、小さな石造りの教会があり、その隣に、草がぼうぼうに茂ったタイル敷きの中庭があって、四方を鉄製の手すりに囲まれている。ひとつしかない門にはつねに鍵がかかっている。通りかかった観光客が時おり教会の前で立ちどまり、その長い年月を経てきた前面《ファサード》をほれぼれと眺めたりするが、手すりに囲まれた中庭に気づく者はめったにいない。けれどもし誰かが、鉄柵のすきまから注意深く覗いたなら、雑草や野生の花のあいだに埋もれたタイルが、実は大変上等な薄い灰色の石であって、そこに黒い大理石と石英とが複雑に埋め込まれていることを見てとるだろう。その模様は配線図のように繊細であり、美しさは天上的である。注意深い観察者であれば、左奥の四分円のタイルの一個が半分に割れていて、欠けた空間を草と野の花が満たしていることを見るだろう。

教会を管理している老いた司祭に十分ワインを飲ませれば、リウマチで潤んだ目を斑点のある両手でこすりながら、そのタイルがどうやって割れたかを語ってくれるかもしれない。司祭が若かったころ、嵐で雷が落ちて、件《くだん》のタイルのぴったり中心を直撃し、四メートルと離れていないところで教会の床を掃いていた男が死んだ。この司祭がやって来る前からすでに中庭は禁断の場となっていたのだが、稲妻はそのことを知らなかったのである。奇妙なのは、タイルが対角線に沿ってほぼ完璧に割れたことより、その半分が消えてしまったことだった。葬式が済むと、司祭は恐るおそる、稲妻が襲った地点に一番近いあたりの手すりまで行き、タイルが半分なくなっているのを目にとめた。司祭はため息をつき、「立入禁止」とペンキで書いたばかりの看板を、中庭の縁に立つ古い木の幹に釘で打ちつけ、詮索好きな男の子たちも雷雨も従ってくれればと期待した。

だが看板を無視して中に入ったのは男の子ではなく、女の子だった。狭い通りをスキップしながら女の子はやって来て、古い木々の下で木漏れ日が戯れるのを眺め、滑らかな丸い小石を手から手へとお手玉していた。鉄の手すりの前で立ちどまり、前にもそうしたように鉄柵のすきまから中を覗き込んだ。その午後には、そして陽の光がタイルに降り注ぐさまには、どこか催眠術のようなところがあった。女の子はスカートを引っぱり上げ、柵をよじのぼった。中に入ると、中庭の外縁《そとべり》に立ち、石蹴り遊びをやろうかと考えた。

けれどこうして禁じられた場所に入ってみると、女の子はだんだん落着かなくなってきて、びくびくとあたりを見回しはじめた。教会と街路は暖かい午後の光に麻痺したかのように静まり返り、多くの人はまだ昼寝中だった。やがて教会の鐘が朗々と三時を打ち、その瞬間、女の子は決断した。勇気をふるい起こして、一個目のタイルに飛び乗り、小石をお手玉しながら二個目、三個目に飛び乗った。

何年もあとに、彼女は恋人に、そのときすぐさま気がついた二つの事柄を語ることになる。まず、彼女が何より好きな、薔薇色の石英の細い筋が一本入っているその小石が、投げ上げられたさなかに空中で消えてしまったこと。次に湧いてきたのは、突然違う場所に移されたときに感じるたぐいの、ここがどこだかわからないという感覚だった。眠っている子供が車に乗って家を出て知らない場所で目覚めるような、あるいは、午後の昼寝から目覚めると日はもう沈んで星が出ているときのような。大人の世界に住む子供として、そういう感覚に女の子は慣れていたが、この中庭に一人でいて、暑さに麻痺した静寂を乱すものといっても一羽の鳥の遠いさえずりしかないなか、何だか怖くなってきて、外縁まで下がった。下がってみると、またすべてが正常に戻ったように見えたが、ただし、教会の時計がもう一度三時を打った。それで女の子は、教会の奥の墓場にいる幽霊たちが悪戯を仕掛けてるんだろうか、木に掛かった看板を無視したあたしを罰してるんだろうかと思った。

だが、何年もあとのまったく同じような午後に、絡まった白いシーツの中で恋人と一緒に横たわっていたとき、ほかに違う説明があったら？　と彼女は声に出して問うた。タイルの絵柄を思い出そうと、恋人の背中に指で模様をなぞった。恋人は向き直り、茶色い肌は暑さと使い果たした情熱に輝き、目は興味をそそられ生きいきとしていた。恋人はトルコからの移民で、数学者で、非凡な容姿と非凡な知性を具《そな》えた女性であり、目は猛々しく、人を不安にする深い沈黙に包まれた人物だった。唯一残った親族である父親を亡くした悲しみから、最近ようやく立ち直りかけているところだった。世界は彼女に孤独を押しつけようとしているのだと決めて、怒りを含んだ心で寂しさを迎え入れていたのに、意外な展開に計画を覆されてしまっていた。この小さな田舎町で生まれ育ったイタリア人女性の、しかも画家の腕の中の愛なんて全然覚悟できていなかったのに、そうなってしまったのだ。そしていま数学者は、黒い巻き毛を顔から払いのけ、恋人にキスした。そこへ連れてってと数学者は言った。

そこで女性二人は、その中庭が手つかずのまま残っている並木道まで行った。タイルのすきまには以前と同じように草と野生の花が茂り、場所全体に眠りのような重たい雰囲気がたちこめていた。教会は静まり返り、聞こえるのは鳥の歌と、遠くの幹線道路を車が往来する音だけだった。数学者は手すりをよじのぼりはじめた。

駄目よと恋人は言ったが止めようはないと悟り、肩をすくめて自分もあとについて行った。二人で外縁に立って、イタリア人の女は思い出し、トルコ人の女は猛烈に考えた。

数学者による中庭の謎探索がこうして始まった。恋人がノートを手に外縁に立ち、数学者はタイルからタイルへと移動していって、日が高いときに急流を下る鱒のように焦点から出たり入ったりをくり返す。小径《こみち》一つひとつの軌道と、実験の結果とが、二人が体験した時間のずれを含めて入念に記録された。どの小径がずれを引き起こすのか、どれだけ引き起こすのか？　あるとき、ひとつの小径に入った数学者が完全に消え、恋人は思わず叫び声を上げたが、数学者はおよそ三分後に別のタイルの上に現われた。これまでで一番大きな時間の動きね！　と彼女は大喜びで言った。恋人はぶるっと身震いし、お願いだからもう実験をやめてほしい、せめて誰か近隣の大学の学者に相談してほしいと訴えた。だが自分も芸術家であり、何かに憑かれた様子を見ればそれとわかった。かつて彼女も、風が吹き荒れて桃が雹《ひょう》のように草一面に落ちた果樹園を見つけて、昼も夜も数週間描きつづけ、動かないカンバスの上に、刻々変わりつづける眺めを捉えようとしたことがあったのだ。それを思い出して、あきらめてため息をつき、メモを取る作業に戻っていった。

もっとも興味深い結果をもたらす軌道は、タイルの上に描かれた模様と似た形をしている、ということに恋人は少しずつ気がついていった。画家としての両手がそれらの模様をスケッチしていき、そうしながら、水の上を流れているような、雲の波間を漂っているような気分になった。模様はある動きを語っていたが、それは彼女の知らない国を通り抜けていく動きだった。顔を上げて数学者の方を見ると、黒い瞳には心ここにあらずといった表情が見えて、この人はいつの日かふっと一歩を踏み出して二度と帰ってこないだろうと彼女は思った。

その日は事実やって来た。数学者は折しも、快い対称性を有し、かついくつか複雑な要素が加わった軌道をテストしていた。恋人はノートを手に外縁に立ち、この動きは（三、五）タイルの模様と似ていると思い、石蹴り遊びの込み入った一バージョンと間違えられてもおかしくない、誰かが通りかかったら女二人が少女時代を生き直しているんだと考えて微笑むだろうなと思っていた――そのときそれが起きた。顔を上げると、数学者が消えた。

そこに立ってきっと何時間も待っていたにちがいないが、やがて帰るしかなかった。昼も夜も待ちつづけ、眠れもせず、涙とこぼれたワインとがシーツの上で混ざりあった。彼女は何日も、何週間も、何か月も待った。何年ぶりかに告解にも行ったが、代理司祭は厳格で真面目くさった青年で、あなたが女と交わったことに神は立腹しておられますと言っただけだった。ついに彼女はあきらめた。トルコ人の恋人が彼女と出会って振り払った孤独を、今度は自分が受け入れた。何か月も休まず描きつづけ、言葉では言えないことをカンバスに言わせた。狂おしい目をした黒髪の女たちがタイルの床から立ちのぼり、数学の記号や入り組んだ図柄が暖かい上空に漂った。

二年後、いまや有名になった画家は別の恋人に出会い、やがて二人で、友人たちに囲まれた祝いの場で結婚の誓いを交わすに至った。結婚生活は初めから波瀾含みで、激しい言い争いや情熱的な宣言に満ち、ドアが乱暴に閉まり涙ながらの和解がなされた。画家はもはや、大きな名声をもたらした自

分の絵を見ないことには、トルコ人の恋人の顔を思い出せなくなった。

やがてある日、老いた一人の女性が玄関口に現われた。杖をついていて、顔はくしゃくしゃのティッシュのように皺だらけで、巻き毛の白髪のかたまりが顔の半分を覆い、女は黒い瞳に涙を浮かべて画家を見た。私のこと覚えてる？　と女はささやいた。

ちょうどそのとき、画家の妻が家の中から、誰なの、と声を上げた。大伯母さんが訪ねてきたのよと画家は明るい声で言い、老いた女を中に引っぱり入れた。妻は嫉妬深い女だった。老いた女は話を合わせて大伯母を演じ、予備の部屋を与えられ、画家が甲斐がいしく世話をした。数学者がここへ死にに来たのだと彼女にはわかった。

数学者が語った話は驚くべきものだった。姿を消したあの日、数学者はあとで中国だとわかった場所の野菜市場に運ばれたのだった。言葉が喋れないので、電話、空港を身振りで伝えようとしたが、誰にも全然わかってもらえなかった。自分が使える四言語のどれかを話せる人を探そうと必死に歩き回ったが、そもそもここには現代を示す記号や象徴がいっさいないことに気がついてぞっとした。自動車も、ネオンサインも、ビニール袋もない。さんざんさまよった末にやっと、彼女のアラブ語を理解する一人のアラブ商人に出会ったが、商人の訛りは彼女には不可解だった。ここはキンサイという場所で（あとで知ったのだが今日の杭州《ハンチョウ》である）、宋王朝の世であった。商人の家族が彼女を受け入れ、親切にしてくれたおかげで、いろんなことを少しずつ繋ぎあわせて、自分が時間を八百年以上さかのぼったことがわかった。その時と場で生活を築き、結婚して子供を育て、地中海までの海路を何度も行き来した。かつての人生は夢のように、蜃気楼のように思えたが、新しい生活に没頭するなかで、タイル敷きの中庭の秘密を知りたいという欲求が燃え立っていった。

あれは存在するはずがないのよと彼女は画家に言った。どうしてあれが存在しうるのか、ずっと知りたくてたまらなかった。いくつもの人生を通して新しい数学を編み上げてきたけれど、あの中庭を記述するにはまだとば口で、解明なんてとうてい無理だった。

どうやってここに戻ってきたの？　と画家はかつての恋人に訊いた。

もしそういう機構《からくり》がひとつあるとすれば、ほかにもあるかもしれないと思ったのよと数学者は言った。この前の人生で私は旅人で、アラブ人相手の取引交渉人だった。仕事であちこち、説明不能な失踪が起きるという評判の立った場所にもたくさん行った。そのうちのひとつが、ボルネオ島に生えた一本の巨大な木の中にある神殿だった。木の周りに根がのびて森の地面に模様を作っていて、それを見て私はあのタイルの模様を思い出した。この近くで何人かの人が消えたことが知られていた。それで私は、子供たちが大きくなって、夫と恋人たちも戦争に奪われるまで待った。そうして神殿に戻っていった。何回かやってみて、いくつかの人生を要して、やっと正しい順序がわかった。そうしていま、ここに来たのよ。

トルコ人の数学者が唯一持ってきたのは、時空をめぐる新しい理論の数学的記述が書かれたノート数冊だった。画家がぱらぱらめくってみると、数学的記号がだんだん複雑になっていき、図がより奇妙で緻密になっていった。そのうちに、ページ上に黒っぽいインクで書かれ太い縄のように並ぶ方程式と何も書かれていない白い空間とが、だんだんあの中庭のタイルの表面に似てきた。これが私の最大の業績よと数学者はささやいた。けれど書かずにおいたことも、書いたことと同じくらい多くを語っている。誰か理解できる人間が現われるまで、あなたが持っていてちょうだい。

その後の数か月、老いた女がさまざまな人生において方々の場所で経験した物語を画家は書きとめていった。このころにはもう妻は画家を捨ててほかの誰かの許に走っていたが、彼女は悲しみに暮れたりもしなかった。老いた女を優しく世話し、毎日の沐浴を手伝い、この上なく美味なスープや煮汁を作ってやった。時おり、二人一緒に笑ったりすると、あの輝かしい午後ベッドに横になってタイル敷きの中庭のことを初めて話したときから一分も経っていない気がした。

数学者が戻ってきてから二週間後、突然の砂嵐が襲ってきた。サハラからの熱風《シロッコ》が都市に激しく吹き荒れた。砂嵐のさなかに、老いた女は眠ったまま安らかに息を引きとった。画家が翌朝、彼女が冷たく、動かなくなって、風にキスされたかのように細かい砂の膜がかかっているのを見つけた。砂嵐はすでに去り、澄んだ空と深遠な空虚を残していった。はじめ画家は泣いたが、いつもと同じように気を取り直し、恋人が生きた数多くの生を想った。一瞬の霊感が訪れて、自分はただひとつの人生の残りを、それらの生を絵に描いて過ごすのだと思った。

やっとこれで、と画家は恋人の墓に向かって、埋葬の翌日に花を持ってきたときに言った。やっとこれで、私たち二人がともに求めた孤独が私のものになったのよ。

記述3

第三の不可能機械の報告は西サハラから届いたが、ペルーの山岳地帯、および北アイルランドからも類似の報告が別個に届いている。リマ郊外に住む農夫、ベルファストのトラック運転手、マリのバマコ大学の学者が三人とも、見かけはそれぞれ違うが、同じ機能を有していると思われる装置について報告しているのである。マリの学者の記述がおそらく一番明快である。

彼女はアメリカの大学で博士号を取得した考古学者であった。アメリカで彼女は、それまで存在することすら知らなかった悪夢的な孤立感を味わった。家族とも離れ、大学院生仲間の無知と偏見ゆえに彼らからも隔たり、そばで見ることによってますます訳のわからなくなってくる文化の中のよそ者として、優れた知性があだとなってわずかな同国人コミュニティからも孤立した彼女は、一人浜辺に立っては大西洋の海を眺め、同じ水が西アフリカの岸辺を洗うさまを想った。十代のころ、セネガルに住む友人の家にひと夏滞在したことがあり、これが初めて家を離れた恐ろしい旅だったが、その恐怖がやがてスリルに転じ、海を初めて目にしたときの心臓も止まらんばかりの快感に繋がったことを彼女はいまも覚えていた。当時、彼女の最大の願いはアメリカに行って高等教育を受けることであり、あるときふと、まさにこの大洋の向こう側に、いまだ想像されざる夢の地が広がっていることに思いあたったのだった。

何年も経って、ほかならぬその向こう側に来た彼女は、博士論文に取り組み、大学図書館の地下墓地での長い幽閉の合間に浜辺を寂しく散歩していた。時は彼女の手から、予告なしにすり抜けていった。母が他界して孤児のような気持ちになり、資金が集められず母の死に目に間に合わなかったため恐ろしい罪悪感に苛まれた。おばやおじが死に屈したり、戦争に行ったり、移民の波に加わってよその地へ旅立ったりした。仲の良いいとこたちもフランスやドイツでの豊かな暮らしに釣られてバラバラに散った。アメリカに来たせいで、自分の歴史、少女時代、自分は何者かという感覚そのものが蝕まれてきた気がした。バマコに住む兄と交わす手紙だけが、彼女を正気に繋ぎとめてくれる錨《いかり》だった。博士号を取得したのち故郷に帰り、二年間、末期的な病を患った兄を介護した。兄が苦しむのを見る辛さとトラウマはあっても、この二年間を彼女はのちに、人生最後の真に悦ばしい年月として思い起こすことになる。兄が死ぬと、故郷にいて自分の知っている人たちに囲まれているのに完全な孤立の感覚に襲われたので、彼女はすっかり戸惑ってしまった。まるで、アメリカで患った孤独の病を故郷に持ち帰ってしまったかのようだった。

兄が死んだあとは仕事に没頭した。リサーチを進めるなかで、ティンブクトゥに中世からあるサンコーレ大学に赴いた。砂漠から蜃気楼のごとく立ちのぼる大学の建物の、砂の城のような美しさを彼女はほれぼれと眺めた。十五世紀に行なわれた、砂漠町テッサリトからも遠くない地域への探検に若干触れている写本を発見して、そこが現在は政治的動乱のせいで危険地域になっているにもかかわらず、行ってみようと彼女は決意した。王が製作を命じ、のち秘密に埋葬されるべく持ち去られた途方もない機構《からくり》の存在を写本はほのめかしていたのである。これまでにも、西アフリカの語り部《グリオ》の歌や物語の中、一部の村の言い伝えの中でそのようなからくりが遠回しに触れられているのを聞いていたので、この写本との遭遇は、未知のものにというよりむしろ既知のものに出会った驚きであった。

考古学者にはいまや、自分でも意外なことに、二人の大学院生がついていた。一人は才気煥発だが若さゆえに堪《こら》え性のない青年で、もう一人は落着いた見かけのうしろに緩慢だが深く粘り強い知性を宿している三十五歳の女性であった。重要な接触相手数人、賄賂、約束、嘆願等々を駆使して、テッサリトへの交通手段を考古学者は確保した。それは迂回に満ちたルートで、乗り物も道中三回変わったが、巨大な空の天幕の下で、つねに地形の変化する砂漠にいると、その絶えざる変容の継続性が、乗り物も変わるなか、一種頼もしく感じられるのだった。同じマリでも、彼女の若き日々の環境とはまるで違う。マリ南部はみずみずしい緑が広がり、太いリボンのごときニジェール川が眠りと夢の中、水のささやきでもって彼女に語りかけ、現代都市生活の背景雑音たる絶え間ないざわめきを和らげてくれた。砂漠は時に不毛な低木地であり、途方もない岩石層が地面からぬっと飛び出し、秘密を共有しあう友人たちのように短い木々が集まっていた。またあるときは砂漠全体が砂っぽい憂いに染まり、豊かにうねる黄金色が何マイルも広がって、時おり合間にオアシスや、彼らを追い抜いていく乗り物が立てる埃の雲がはさまる程度だった。岩山の尾根が地平線上に浮かび、どんな旅にも終わりはあるのだと旅人たちに請けあってくれているように思えた。

テッサリトは一触即発の空気だったが、ひとまずは危うい平和が広がっていた。トゥアレグ族の、友好的な目をした老いた案内人の助けを借りて、旅人たちは写本に記された場所を見つけた。現行のどの地図にも載っていないその場所に、六十数人の住む小さな集落が出来ているのを見て考古学者は驚いてしまった。案内人によれば、この集落は神殿であると同時に一種の瘋癲《ふうてん》院だということだった。そこに住む者たちは未知の病に恵まれて／苛まれているのですとガイドは言った。本人たちにとっておそらく幸いなことに、住人たちは集落を囲む煉瓦の壁が作る境界の外に出られないようだった。この狂者たちの村は、武装蜂起の只中のオアシスになっていて、政治的・民族的忠誠の如何《いかん》にかかわらず、ここが巡礼の地であるかのように兵士たちは食料や衣類を住民たちに届けた。町の人々も捧げ物を持ってきたが彼らはいつも大急ぎで帰っていった。その敷地内に入るとなぜか方向感覚を失って、混乱に陥り、めまいを伴う一時的な記憶喪失に襲われるからだった。

中世の写本を熟読していたおかげで、考古学者としてもある程度心づもりは出来ていたが、それでもこれは信じがたいと思わずにいられなかった。彼女も院生たちも、金属の帽子と、鋼《はがね》のメッシュで作ったベールをかぶってから、果物とパンの贈り物を携えて集落に入っていった。おそらく三十人ぐらいの老若男女が、一番大きい、砂色をした長方形の建物の入口からゾロゾロと出てきた。みんな体に合っていない古着を着ている——白、青、黄土色の大きすぎるローブや体に巻きつけるたぐいの衣服、Tシャツやボロボロのジーンズ。はじめは考古学者の挨拶にも返事はなかった。客人を見る村人たちのまなざしはどこか変だった。まなざしというものは、人の中にある魂について何かを物語っているものだが、ここの人々のまなざしはどこかぼんやりとして落着かず、風に乱された湖の水面を思わせた。だがしばらくすると何人かの一団が歩み出てきて、彼女たちを歓迎し、ある者たちは声を揃えて喋りある者は断片的に喋って、全体としては完全な歓迎の言葉に聞こえた。

「あなた方はいかなる存在ですか?」挨拶が済むと彼女たちは訊かれた。「私たちにはあなた方が見えないのです、あなた方は明らかに可視なのですが」

「私たちは訪問者です」考古学者は戸惑って言った。「贈り物と、知を授かりたいという欲求とを持ってここへ来ました」。この言葉とともに新参者たちは集落の中に通された。

一番大きな建物の中央の部屋に入り、薄闇に目が慣れてくるにつれて、目の前に何か途方もないものがあることを考古学者たちは見てとった。複雑な、どんどん変わっていく模様に織られた巨大なつづれ織りがあって、その尋常でない長さは、建物内の壁を何周も包むと思えた。いろんな色合いの混ざった布切れが、白い布のあいだに織り込まれて、新参者たちが見たこともないような抽象的な図柄を作っていた。人々がいくつもの小さなグループに分かれていろんな作業に携《たずさ》わり、古着と思《おぼ》しきものを細長く裂いている人たちもいれば、ギシギシとリズミカルに軋む複雑な機《はた》を動かしている人もいる。驚くべき複雑さの明るい模様が機から現われ、また別の人たちの手によって壁に貼られていく。さらに別のグループは、何かこってりしたシチューがぐつぐつ煮えている大釜を囲んで背を丸めていた。部屋のど真ん中には高さ一メートルの、黒い石で出来た——と思える——六面の柱があって、細かな銀の透かし細工が埋め込まれていた。きっとこれが、中世の写本にその使い方と機能が書いてあったからくりにちがいない。マリ文化黄金期の産物、科学と技芸の偉大なる達成。十五世紀の探検隊が組織されたのは、このからくりを砂漠の中に埋め、兵士の秘密部隊に属す男たちに交替で見張らせるためだった。にもかかわらず、そのからくりがいま、この狂者たちの村の真ん中にあるのだ。

周りを見て、いくつか奇妙なことに考古学者は気がついた。大釜の番をしている女性の腕に熱いシチューが一滴垂れると、女性がわっと声を上げるのとほぼ同時に周りの四人もやはり声を上げる。同様に、機を操っている職人たちも、一人の男の額を汗が一滴流れ落ちることをほとんどそれが起きる前から知っているみたいに、めいめい腕を上げるか頭に巻いた布を引き下ろすかして、そこにありもしない滴《しずく》を拭うのである。一人ひとりが、見たところまったく自然にひとつのグループを離れて別のグループに加わり、男と女では役割が違うかどうかも考古学者にはわからなかった。話すのと同じで、彼らの行動には個々人を超えた連続性があり、一人がスープをかき混ぜるのをやめると一瞬の間《ま》もなくもう一人が味見用のカップを口許へ持っていき、まるでこうした動きをあらかじめ振りつけたかのように見えるのだった。機の操作に至っては、もはや動く詩と言ってよかった。一人ひとりが独立していると同時に、みんなときっちり繫がっているように見えた。これはテレパシー能力者の共同体だという仮説を考古学者はすでに捨てかけていた。その相互行動は読心術などという単純なものには思えなかったのである。彼らはたがいに声をかけ合い、状況に応じて接頭辞や接尾辞も変わる名前を一人ひとりに与えているらしかった。何人か子供たちも駆け回っていて、みんなすばしっこく、はにかんで、目は羚羊《れいよう》のように潤んでいた。一人の男の子が旅人たちに、布を開いて一個の石を見せた。珍しい、薔薇石英の筋が一本入った滑らかな小石だったが、どうやって手に入れたのかと考古学者が訊くと、とんでもないことを言われたみたいに子供たちはみな笑い、走り去っていった。

この人々と何日か一緒に暮らしたのち、考古学者は金属の帽子とベールを脱ぐことにした。あなたたちは決してやってはならない、と院生たちにはきつく言いわたし、もし自分が奇怪な真似をやり出したら力ずくで帽子とベールをかぶせてほしいと頼んだ。この取決めを院生たちは喜ばず、特に青年の方は家に帰りたがっていたが、結局渋々承知した。

保護具を外したとたん、そばにいた村人たちは、あたかも突然姿が見えるようになったかのように彼女の方を向いた。彼女自身は、溺れる感じに近い、方向感覚が突如失われる気分を意識した。きっと叫び声も上げたにちがいない。そばにいた一人の女性が彼女の体に腕を回し、子供を相手にするように抱きかかえてあやしてくれて、ほかの人々もそれに倣《なら》ってあやしはじめたからだ。院生二人はあんぐり口を開けて見ていて、彼女の頭の中では二人ともくっきり鋭い輪郭に縁どられているように思え、一方ほかの人たちはみな、子供の描く水彩画の中の人みたいににじんで溶けあって見えた。ある男の腕の虫に刺された痒《かゆ》みや、女たちが生理中であることや、ほかの誰かの足首の癒えかけた骨の鈍い疼《うず》きが彼女には漠然と感じられたが、男の腕と女たちの体と折れた足首の中で自分が同時に生きているようにも思えた。はじめは怯えたが、その後一種驚異の念のようなものが訪れ、その感情が自分から発しているのはわかるのだけれど、それがいわば間接的な知覚として村人たちにも共有されているのだった。

「私は大丈夫《アイム・オール・ライト》」と、院生たちを安心させたくて彼女は言いかけたが、「私《アイ》」というのは不正確に感じられた。言いかけたところで、抱きかかえてくれていた女性が自分たちの方言で次の言葉を言い、別の誰かが次を言い、センテンスは完結した。自分が大海の波の頭《かしら》であるような気分だった。その波頭は、その背後に広がる波頭と谷との連なりとは別個のものと見なすこともできるだろう。が、そんなことをして何になる？　たとえば波頭が船に当たったら、その衝撃は波の連なり全体に伝わるだろう。ずいぶん長いこと彼女を苛んできた大きな孤独がやっと溶解してきた。恐ろしく、同時にスリリングだった。彼女はゲラゲラ笑い出し、周りの人々も同じ恐怖と喜びの複合を軽度に所有しているのを感じた。周囲の巨大なつづれ織りにじっと目を注ぎ、初めて見るかのようにそれを見た。このつづれ織りを言い表わしうるいかなる概念も言語も存在せず、それは還元不可能であり、それ自身によってしか記述できなかった。つづれ織りを見て、自分の名前が、彼らすべての名前が、かつて存在したすべての物たちのすべての名前が音もなく口にされるのを彼女は聞き、静寂の中で反響するのを聞いた。

　その後数日のあいだに、この集落の人々の中では婚姻集団も生活のほかの側面と同じ流動性を有していることを彼女は知った。囲い地の残りに建ったいくつかの小屋は、形成されてはまた再形成されるさまざまなグループによって使われていた。浅瀬の中の砂粒が集まっては離れていき、また別の形でもう一度集まりまた離れるのと同じ自然さがそこにはあった。こうした集合離散の底に流れるパターンは、実際にやっていると自明に感じられたが、通常の言葉で表わすのは不可能だった。血縁の者同士が自分たちだけで共棲したりはせず、子供が大人と共に住むこともなかった。彼らはいわば、その上に模様が描かれていくカンバスのようなもので、息をするのと同じくらいたやすく、模様の一部となったりそこから分離したりをくり返した。晴れた夜に人々は焚火の周りに集まって、詩を吟じ、歌をうたい、そのあまりの素晴らしさに考古学者は思わず院生たちに帽子とベールを脱いで自らも体験するよう求めた。だが青年の方は慣れないこと続きの辛い暮らしにもはや疲れはて、バマコに帰りたくてたまらず、学問以外のキャリアを真剣に考えはじめていた。年上の女子学生の方は、この地域での暴力がじきにエスカレートするという町からの知らせを心配していた。というわけで二人とも求めに応じなかった。

何日かして、考古学者が院生たちに加わって帰るそぶりをいっこうに見せないので——すでに時は十分過ぎ、トゥアレグ族の案内人も迫りくる衝突を懸念していた——学生たちは自分の判断で行動することにした。二人でいきなり考古学者に襲いかかり、両腕を縛って無理やり帽子とベールをかぶらせた。彼女の顔にさざ波のごとく変化が生じるのが見え、そばにいた人たちが以前と同じように向き直った。だが今回人々の顔は厳めしく悲しげで、彼らは一団となって三人の訪問者に迫ってきた。考古学者は空っぽの部屋に閉じ込められた子供のようにわあわあ泣き声を上げた。院生たちはゾッとして彼女を建物の外に引きずり出し、村人たちに追われながら懸命に引っぱっていった。もしトゥアレグ族の案内人が境界上で待っていてくれなかったらきっと追いつかれていただろう。案内人が飛び出してきて彼らを境の外に引っぱってくれて事なきを得た。

こうして考古学者は無理やりバマコに帰らされた。

何年かあとに、この経験から立ち直った考古学者はメモを綴ってかつての学生に託し、バマコから姿を消した。テッサリトまではその動向が確認された。戦闘が激化し、一年以上誰も調査を実行に移せなかった。メモを託された女性は、考古学者が集落に戻ったにちがいないと踏んで探しに行ったが、かつて集落があったところには廃墟しかなかった。人々は砂嵐のさなかに消えたと女性は告げられた。

彼らの持ち物は跡形もなかったし、むろん立派なつづれ織りも同じだった。何もない、不毛な、岩だらけの荒地に見つかったのは、一個の小さな丸い、薔薇石英の筋が一本入った石ころだけだった。

考古学者が残していったメモには、彼女が達した結論が書き綴られていた。すなわち、ある広がりを有する場が機械によって生成されるのであり、この場には、自己と他者の境界を消滅させる、あるいは少なくとも曖昧にする力がある。考古学者はこれをまずフランス語で、次にアラブ語で、それから母語のバンバラ語で書いていたが、しばらくするとその書き文字は、波が寄せてきて砂の城がくっきりした輪郭を失い認識可能な境界をなくすように規則性を失いはじめた。その後メモは、集落の大部屋に掛かっていた大きなつづれ織りを思わせる込み入った判読不能の象徴に変容した。これが数ページ続き、ついに最後のページに至り、彼女はフランス語で耐えられない、戻らねばと書いていた。

こうして三つの記述は終わる。

受験者は必須の熟考時間を遵守するものとする。

受験者は『異形機械大要』『ヘファイストス奥義』『ヤントラ神託』〔ヘファイストスは古代ギリシャの火と鍛冶の神、ヤントラはサンスクリット語で瞑想時に用いる幾何学的図形〕を参照し、これらの記述をより広い文脈で把握すべく努めるものとする。これらの書を精読したのち、受験者は自らの諸部分に必要な変更を施し、以下の質問に関する仮説を生成するものとする。曖昧機械の負の空間は無限か？　それは連続的か？　それぞれの機械が占めている概念的副次空間はたがいに繫がっているのか――地理によって、概念によって、あるいはほかの何か未だ発見されざる属性によって？　人間と機械のあいだの関係について何が言えるか？　もし技術者が機械を夢見られるのなら、機械は技術者を夢見られるか？　画家を？　数学者を？　考古学者を？　物語を？　曖昧機械の空間は不可能機械のより大きな空間の中に宝石のように据えられているのか、それとも三つ編みの髪のように？　ここにおいて、ここ夢と想像の領域において、知的機械はいつの日か究極の境界を――機械と非機械の境界を――超越するのか？　人間の渇望から、自然の有機的融合的豊饒さから霊感を得るため、受験者は自らの変容を進んで検討し、実行する気がなければならない。

始め。

焼肉プラネット

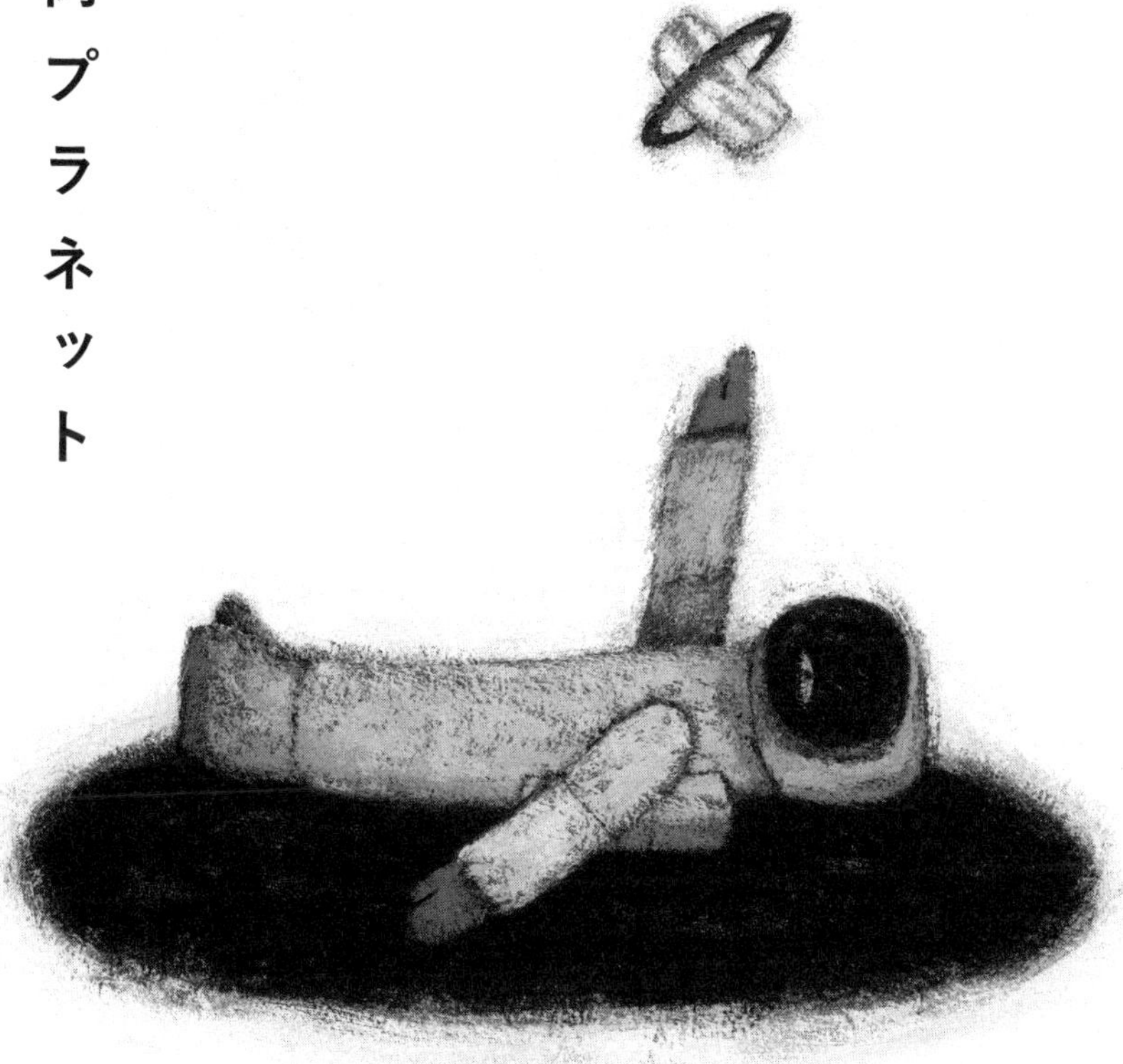

梁清《リャン・チン》散《サン》

小島敬太 訳

梁清散《リャン・チンサン》は一九八二年生まれ、北京在住。これまでに三篇の長篇と多数の中短篇小説を発表した他、ＳＦ研究家としても高く評価されている。本作は無料オンライン雑誌『新幻界』二〇一〇年十二月号に発表され、第三回星雲賞の最優秀ネットオリジナルＳＦ作品賞を受賞した出世作。

ネット発のＳＦ作品は現在では珍しいことではないが、『科幻世界』などの雑誌を中心に活躍した世代に対し、ネットという新たな活動領域を果敢に開拓していった作家の一人といえる。本作は未知の惑星への不時着、そこに住む生き物とのファーストコンタクトという、いかにもＳＦな設定を利用して最後まで全力でふざけきったコメディ。極限状況で、主人公から溢れ出てしまう小物男のペーソスは、切ないながらもどこか愛おしい。宇宙に旅立てるのは地球を守るスーパーヒーローだけではないのだ。

著者は近年、清朝末期とＳＦの融合という、独創的なテーマを開拓中。第十回星雲賞最優秀短篇を受賞した「済南《チーナン》の大凧」は『時のきざはし』（新紀元社）に収録され、中華圏のみならず、日本のＳＦ愛好者にも晩清スチームパンクＳＦの衝撃を与えたばかりだ。

「うわ、なんだ、これ！」
張《チャン》の意識が戻ったのは、空腹からくる胸焼けのせいだった。ハッとして目を開くとそこには、アフリカ大陸みたいな形をした鉄の板がうつっている。さらには、その大陸の〝喜望峰〟にあたる部分が自分の胸にズブリと突き刺さっていた。張《チャン》はもう一度気を失った。

とにもかくにも、この男、張小白《チャン・シャオバイ》は長年のワープ航法〔光よりも速い速度で移動する方法。別名は超光速航法〕の愛好者ということになっている。これまでに本人がしてきたことといえば、ネット上でワープ関連のいくつかのフォーラムに出没し、少々値の張る専門誌をちょこちょこ購入する程度だったが、ワープ航法について何も知らない同僚の前では、多少なりともこの道の専門家を気取ることができていた。

そんな張《チャン》でも今回ばかりは準備万端、しっかりお金をためて、仕事の休暇を取った。何年もかかったが、ワープをする機会がとうとう巡ってきたのだ。と、そこまではよかったものの、今、ひどくばつの悪い思いをしていた。

乗り込んだ宇宙船が故障し、さらに緊急着陸の際の不注意により、あのくそったれな岩山にぶつかって、斜面をガラガラと転げ落ちてしまったのだった。着陸準備の段階ですでに宇宙服を着ていたからよかったものの、それがなければ、今頃こうして呑気に横たわってはいられなかっただろう。

なぜよりによってこんな星に降りたのかと聞かれても、張《チャン》自身にもちゃんとした説明はできそうになかった。というのも、地球の軌道から飛び出した後、宇宙船の〈ワープドライブ〉を稼動させた瞬間に船体が揺れはじめ、目がくらむような閃光とともに、すべてが制御不能になったのである。方位も座標も、あらゆるものがめちゃくちゃになってしまったのだ。

ワープ関連の書き込みの中でも、その道のベテランたちが決まってアドバイスすることがある。もしワープ中に方向を見失ったら、必ず最寄りの惑星に着陸して救難信号を発信せよ、それが遭難者が確実に捜索救助隊に見つけてもらう唯一の方法なのだ、という。そんなわけで、今さっき飛び立ったばかりの張《チャン》は、早くもこの星への緊急着陸を決めたのだった。

再び意識が戻ってきた張《チャン》は空を見上げた。赤く黒みを帯びた空色が、メラメラと燃える木炭を思い起こさせる。

「くそっ！」

〝喜望峰〟を胸から引き抜き、脇に投げ捨てると、張《チャン》は身を起こした。しばらく時間をかけて自分の体を確かめたが、思っていた通り傷一つついていなかった。その事実に不安な気持ちも和らいでいく。最先端の技術を搭載したこの宇宙服は信頼性がとても高いのだ。さすが宇宙防弾チョッキと呼ばれるだけはあるな、と彼は心の中で呟いた。

自動環境チェックが完了し、ヘルメットのフェイスシールドに検査レポートが表示される。この星の気圧は極めて低く、薄い大気の九〇%は二酸化炭素、さらに、星の表面温度は八〇〇度に達していた。最終結果が打ち出され、そこに赤字で「生存不可」の四文字が書かれていた。この宇宙服に防熱加工がしっかり施されていたおかげで命が救われたらしかった。安堵の喜びが自然と込み上げる。

宇宙服は、その後すぐにセルフチェックを開始した。

値はすべて正常だった。酸素は現在、まるまる一か月分はあるらしい。酸素といえば、この宇宙服、そう、コイツにはもう一つの売りがあるのだ。その名も〈超大型ダブルシリンダー酸素貯蔵タンク〉。先進的な自動加圧システムによって、タンクに残った酸素の最後の一粒に至るまで、服の内部へと送り込んでくれる。こうして、貴重な生存時間を少しも無駄遣いしなくてすむというわけだ。着用者の生命の安全にリアルにコミットするのが、この商品の最大の保証なのである。

とはいえ、これほどしっかりした宇宙服であっても、いまだ解決が難しいことがあった。それは、着用者の張《チャン》が今、激しい空腹に見舞われていて、その胃に酸が溢れかえっているということだった。これは由々しき事態であった。彼は思った。このままいったら一か月分の酸素を受け取れるのは、胃酸に腐食されて朽ち果てた自分の屍《しかばね》だけになってしまうかもしれないぞ。

セルフチェックが終わると、張《チャン》はゆっくりとその場に立ち上がり、墜落した自分の宇宙船に目をやった。見るも無残なその様子は、さながら爆発した電子レンジのようだった。全体が真っ黒に焦げつき、さらには火を入れすぎた肉汁のようなさまざまなまだらの焦げ跡までついていた。見ているだけで気分が悪くなってくる。

さいわい、宇宙船は墜落して大破する際に、救難信号を自動的に発信するようになっている。とはいうものの、捜索救助隊がここを見つけられるかなど、もはやわかりようもなく、運を天に任せるほかなかった。餓死する前にどうにか見つけてもらえればいいのだが。なすすべもなく、張《チャン》は地面に転がる鉄の板を蹴飛ばした。

そして同時に言葉を失った。これは一体……。屑《くず》鉄の下から現れたのは……びっしりと密集しウヨウヨとうごめく……一枚ずつになった、サイズも手頃な……ぶ、豚バラ肉？　その細切りの肉の群れは、赤い部分と白い部分が互い違いになったり、クネクネと体を曲げたり、よれよれになったりしながら、ほどよい加減に火が通されていた。どう見ても、柔らかくて、しなやかな、手で引きちぎった豚バラ肉にしか見えないそれは、張《チャン》の前でもつれ合い、モゾモゾと動いていた。

「ぐはっ」

笑おうとしたが、笑い声が出てこない。

慣れない宇宙服を引きずりながら、張《チャン》が一歩前に近づくと、豚バラ肉の集団はハチの巣を突いたようなパニックになって、散り散りに逃げていった。張《チャン》の顔が引きつった。あたかもそれは、持ち上げた石板の下に隠れていた大量のワラジムシが無秩序に逃げまどい、しかもその一部が石板を持った自分の手にまで這いあがってくるかのような、おぞましい光景だった。

急激なめまいを感じ、その場に張《チャン》はへたりこんだ。そして、宇宙服の上を手探りし、救難信号の発信機を見つけると、そのボタンを押した。鳴り出したブーブーという信号音が、たちまち彼の世界をいっぱいに満たしていく。とはいえ、この発信機には捜索ステーションまで信号を届けるほどの出力がないことぐらい、いうまでもなくわかることだった。

胃の不快感はさらにひどくなった。空腹からくるものなのか、なにか他のもののせいなのか、張《チャン》にはわからなかった。

そうこうしていると、今度は視界に一頭の豚が現れた。正確に言えば、それは赤くつやがかった丸焼きの子豚で、意気揚々と張《チャン》の前を通り過ぎようとしている。そのツルツルとした表面は磨かれた鏡のようだ。子豚はこちらに気づくと、おかしなものに出くわしたかのように、たちまちその場に固まった。焦げた赤いひづめを持ち上げたまま、こちらの様子をうかがっている。張《チャン》もまた子豚のことを食い入るように見ていた。子豚の瞳はプラスチック製品のように赤く、今このときも目から光を放っているようだった。

身動き一つしない子豚を前に、張《チャン》はふと我に返った。戸惑いのあまり、自分が置かれている状況を忘れかけていたようだ。目を覚まそうと、とっさに頭を振る。子豚はそれを見ると勢いよく後ろ足で地面を蹴りあげ、一目散に張《チャン》の前から逃げていった。

子豚の後ろ姿とともに、肉の香りがひとしきり自分の方まで漂ってくるような感覚を彼は覚えた。頭の中はほとんど真っ白で、考えることが難しくなっていた。自分の胃が、子豚の背中を追うように、

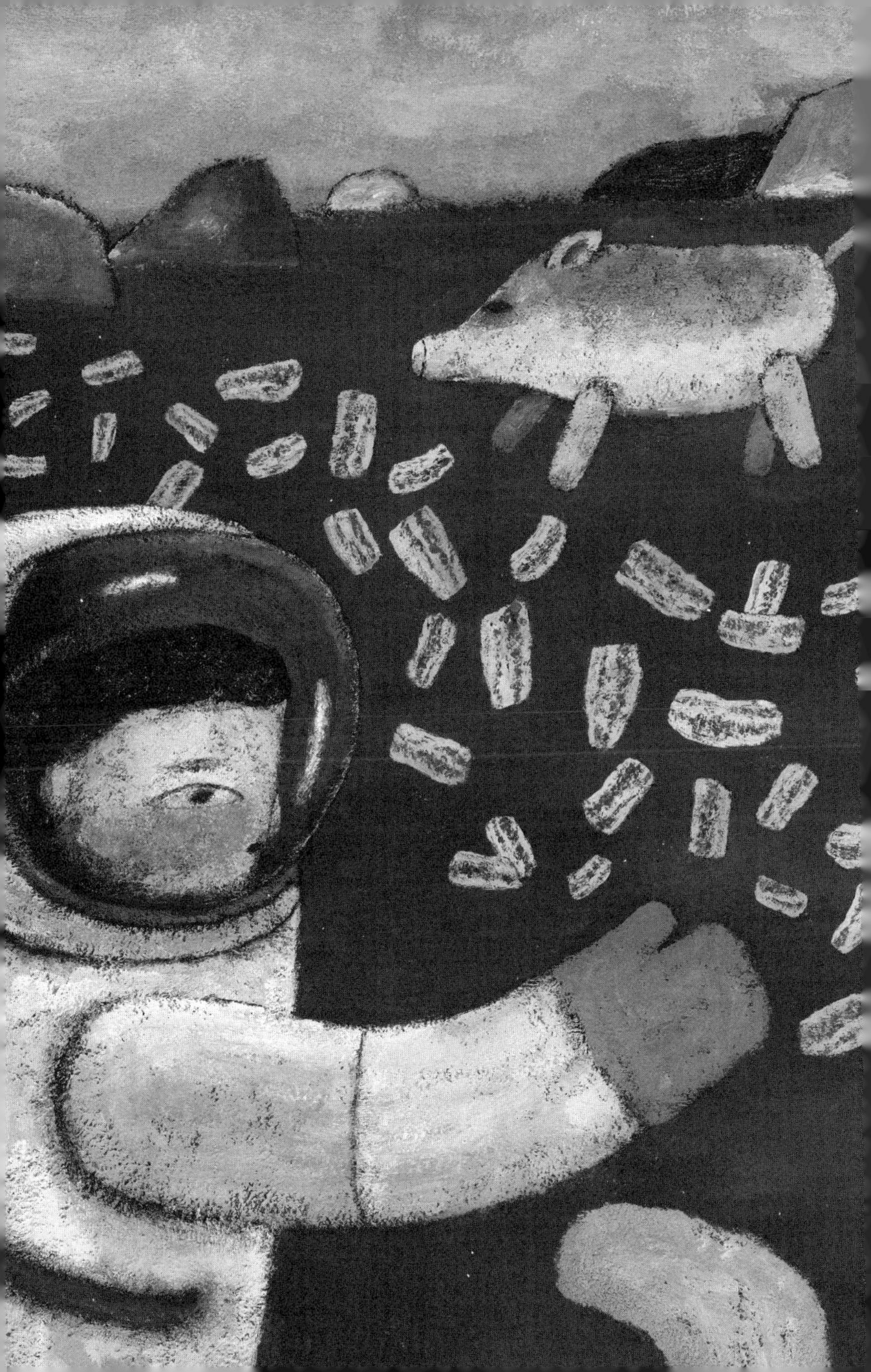

ぐるぐると鳴り響いていることだけを感じながら、その場におろおろするばかりだった。

ありえない、こんなでたらめな……さっきまであたりをウヨウヨしていたバラ肉、そう、ワラジムシのようだと形容したあの肉のかたまりが脳裏に浮かぶ。

宇宙服の救難信号は相変わらずブーブーブーと耳元でけたたましく鳴っていた。イライラがさらに増していく。張《チャン》は不機嫌に発信機のスイッチを切った。ついてないぞ、まったく、なんて星に来ちまったんだ。ここにいるのは、みょうちきりんな、人の心をかき乱すことしかしない悲しき生物。それがどっさりといやがる。にしても、こいつらがどれもめちゃくちゃうまそうに見えるのはなぜなんだ。ひょっとしてこの宇宙服には着ている人間の心理を見透かす機能でもついているとか？　肉の香りが届いているように感じてしまうのもそのせいかもしれない。

張《チャン》は気持ちを切り替え、再び立ち上がった。こうなりゃ、当たって砕けろだ。こんな状況になってしまった以上、ここに座っておとなしく死を待つわけにはいかな……ん？　〝死を待つ〟だって？　死ぬなんて誰も言ってないだろ！　捜索救助隊がすぐに助けにきてくれる……よね、たぶん……。

俺だってこれでもワープの専門家だ。確かに、今回が初めてのワープ体験ではある。とはいっても、あれだけ読んできたワープの攻略ガイドがどれも役立たずとはどういうことだ？　この星の攻略法の一つも思い当たらないじゃないか。いや、待てよ。これは、もしかしたら「新大陸」を発見したってことなのか？　思考がそこに至ったとき、張《チャン》の心は俄然《がぜん》盛り上がりはじめた。いやはや、これは、地球に戻って、必ずやまとめなければなるまい、かくも高度な星の、その詳しいガイドを！　ネットで発表したあかつきには、あちこちのメジャーどころで軒並みトップページ扱いされるに違いない。そりゃそうだよ、新発見なんだからな、それくらいの扱い当たり前だろ。これはひょっとして、本当にワープ界の新鋭と呼ばれる日がくるかもしれないぞ……いかん、腹が減ってきたな、この続きはまた後にしよう。なんといっても、救助隊が来るまで死なないでいる方法を見つけるのが先決だ。

ともあれ、そんなふうにあれこれ考えているうちに再び元気が戻りはじめていた。足取りも以前に比べずいぶんと力強くなってきている。とはいえ、この元気を一体何に使えばいいのかは彼にわかるはずもなかったが。

張《チャン》には、さっきの焼き子豚のように岩石の隙間をかいくぐる芸当はできそうになかったが、目の前にそびえる岩山を越えることは難しくなかった。宇宙服には岩登り用の道具が各種装備されている。それらを駆使して、岩場を登りきった張《チャン》は、その頂上を踏みしめた。

「井の中の蛙、大海を知らず」

この言葉の意味が張《チャン》にはわかった気がした。今まで気分が沈み込んでいたのも、きっと〝大海〟が見えていなかったからだと思えた。今、眼前に広がるのは真っ黒な海だった。地球のそれと同じように、海岸線がのび、潮汐《ちょうせき》の波もあった。違いといえば、こちらの方が海面の粘り気が強いように感じるのと、その海面に光沢のある油が浮いていることぐらいか。

海の周りには緑色をした植物までもが存在していたが、地面に生えているというわけではなさそうで、波に流された魚の鱗のごとく、列になって浜辺に並んでいた。

岩から張《チャン》が飛び降りたとき、最初から予想できたことではあるが、ちょっとした騒ぎを引き起こした。地面に密集する肉片の上に着地した瞬間、ありとあらゆるバラ肉片たち、正確には、豚バラ肉、牛リブ、手羽先、焼き魚、ヒレ肉たちがその足元から必死に逃げ出したのだ。それぞれの肉はサイズも不揃いで、互いに踏みつけ合いながら逃げ惑い、浜辺の全体がまるで生きているかのように動きはじめた。それは瞬く間に肉たちの波となり、張《チャン》を中心としたうねりを生み出していた。

そのまま地面に腰を下ろすと、張《チャン》は足を上げてみた。思った通り何かを踏んづけていたようだ。そこにはこの浜辺で最も大量に見られる「バラ肉片」種のほかに、脂がのった掌サイズの羊の腎臓もあった。その大きな腎臓は、踏みつけられ、すでに息をしていないのが明らかだったが、残った二切のバラ肉は、今も張《チャン》の手の中で体をアーチ状にくねらせながら、逃げ出そうと必死にもがいていた。張《チャン》は〝この好機逸すべからず〟と、目の前の肉片を、考えるより先に二つに引き裂いた。

そうして、ついに肉は手の中ですっかりおとなしくなった。

舌のつけ根から制御不能の液体が湧き出す。胃が喉の奥から命の叫びを発していた。張《チャン》は半切れのバラ肉を顔の前にゆらゆらとぶら下げながら、今の自分を、夏の道端でハアハアと舌を出す野良犬の姿と重ねた。油が宇宙服の上に垂れた。自動的に反応した宇宙服が、その成分を注意深く丁寧に検出しはじめ、五秒もしないうちに、フェイスシールド上に検査レポートを表示した。それが何のタンパク質か、アミノ酸か、などと言われてもわからないし、読むのもおっくうだったので、そのままレポートの最終ページまで飛ばしていくと、ふいに鑑定結果が現れた。そこには「食可能」の三文字が映し出されていた。

この手の中にあるのは「食可能」と鑑定された数切れの肉。張《チャン》はそれを見つめながら、おおげさでもなんでもなく、まるで堤防が決壊したように、唾液が口に沿って流れ出していくのを感じた。無意識にその口元を拭おうとしたとき「ボンッ」という音が宇宙服に響いた。そしてその意味に気づいた張《チャン》は絶句した。彼の手は宇宙服の「外側」で止められているのだ。物心がつく前のことは置いておくとして、彼はこのとき人生で初めて、脳が冴えわたる中、自分の唾液が頬を沿い、首を伝って、まっすぐとめどなく流れ落ちていくままの状態になっていた。

どこにそんな元気が残っていたのか、張《チャン》は激しく空笑いをした。それから、すでに肉の油でベトベトになった手で、必死に服の上を手探りした。ジャージ素材の表面とリアルな質感、そのダークグレーの宇宙服が見る見るうちに油にまみれ、洗い落とせない色彩のまだら模様になっていく。それでも張《チャン》の求める「内外物質の交換通路」は見つからなかった。逆流防止バルブの出入口もなければ、小さな穴ひとつ見当たらない。先進的な宇宙服は何の理由もなしにそんなものをつけてはいないらしい。

「パクリ物だって相互接続設計ぐらいされてるのに！」

そう毒づいてみたものの、彼は同時に、あることを思い出していた。いつだったか同僚と一緒にパクリ宇宙服の広告やニュースを見たあとで、張《チャン》は相互接続の設計がされたその商品を思いきり小バカにしたのだった。同僚の前では、常に専門家然として、先を見据えた論評ができることを見せつける必要があったのもあるが、そもそもパクリ製品自体が笑われてなんぼのものなのだし、実際そのときは張《チャン》自身もバカげた設計だと思っていたのだ。

今、その手には依然として数枚のバラ肉片と焼かれた羊の腎臓の塊が握られていた。だが、それをどうしたらよいかもわからず、投げ捨てたくてもできなかった。胃がきりきりと痛みはじめた。胃液を出しすぎた後の引きつるような痛みが襲ってくる。

すると宇宙服が唐突に、またもや恭しい調子で鑑定レポートを出した――

「サムギョプサルは最も代表的な韓国料理の一つでございます、同時に最も中国人の口に合う韓国料理でもあります。豚バラ肉は脂肪が多く、赤身が少ないため、牛や羊の肉と比べて、より焼肉に向いております し、もしご自身で焼かれる場合には、肉のジュージューという音がさらにおいしさを引き立てるスパイスに幾分なるでしょう。あとは……つけダレは七五メートル前方で手に入れることが可能です。肉はすでに火が通っており、最も食べ頃になっておりますので、すぐにお召し上がりになるのがおすすめです」

張《チャン》は顔を上げ前を見た。つけダレだって？　目の前にある、あの海のことを言っているのか。

「くそがっ！」

たった一言毒づいただけだったが、そのままヘルメットを引き裂かんばかりに感情が昂《たかぶ》っていた。もちろん、こんな環境下で引き裂こうものなら、周りの肉と同じく、外はカリカリ、中はプルプルの丸焼き人間の一丁あがりである。

ヘルメットをもう一度叩く。びくともしない。寸分の隙間もなく、ぴったりと頭を保護してくれていることが、今はむしろ絶望的にさえ思えてくる。これまでSF映画の世界ではシャボン玉のような形の宇宙服がたびたび登場してきた。外側の世界が宇宙服の中まで思いのまま入ってくる一方で、表面張力を使って、内側の空気が漏れ出るのを防いでくれるというような……あんなふうに、現実の方ももう少しSFっぽくなってほしいところである。

一面に広がる浜辺には、木炭が焼け焦げたような灰白色の砂が露出していた。中をほじくり返せば、まだ火の粉がチラチラと明るくなったり暗くなったりしているかもしれない。宇宙服は断熱されているものの、さすがに灰の上に座っていると、お尻の方から灼熱の暑さが吹き上げてくるように感じられる。

少し落ち着きを取り戻しはじめた張《チャン》は、油にまみれ、カラフルなまだら模様のついたフェイスシールド越しに海を眺めた。その海は今、まさに満ち潮を迎えていた、いや、正確には満ち潮を迎えた〝焼肉のタレ〟と言うべきか。そう考えると、ひょっとして浜辺にある緑色の植物はタレに入れる用のネギのみじん切りと香菜《シャンツァイ》かもしれない。だが、そんなことをまた考えるのもおっくうだった。視界にあの肉片たちが入らないだけで、胃も口も調子を幾分持ち直してきたところなのだ。

黒々とした海辺を眺めながら、張《チャン》はふと、海鳥が一羽もいないなと思った。最初はただの気晴らし程度の思いつきだったが、すぐに彼は想像を巡らせはじめた。もしいるとすれば、それはどんな鳥だろうか。焼ガチョウとか？　でも焼ガチョウだったらこんな薄味で水っぽい韓国式焼肉タレじゃ合わない。やっぱりここは甜醤油《ティエンジャンヨウ》だろう。正確には「潮汕甜醤《チャオシャンティエンジャン》」〔広東省潮汕地区の名産品。同地区の伝統料理、ローストグースのタレに使われる〕という名前のあれだ。豆醤《ドウジャン》〔中国の伝統的な調味料の豆味噌〕をラードでちゃっと炒めたら、甘草と八角を加えて、砂糖を入れて、それからとろみをつけて作るんだよなあ。

張《チャン》は思わず、また口元を拭いそうになっていた。

待て待て、海にガチョウなんているわけがないだろっ！　とっさにそう自分に言い聞かせるが、さっきの焼き子豚のことを考えると、海辺に豚がいて、ガチョウがいない理由のほうが見当たらない。だいたいこの〝海〟は地球で意味するところの海と言えるのだろうか。

するると、アラームが鳴り、再びフェイスシールドに文字が表示された。

「あなたの血糖値はしきい値を下回っています。（リアルタイムモニタリング結果：３・８ｍｍｏｌ／ｌ）速やかに食べ物を摂取してください」

だからっ！　摂取させてくれっつーの！　口から唾を飛ばして喚《わめ》こうとする張《チャン》を、逃れられないほどの強烈な目眩《めまい》が襲った。

張《チャン》がしばらくおとなしくしていたせいか、肉の群れが、彼の周りに空いたスペースに向かってペタペタと移動を始めていた。長方形にカットされた、ちょうどいい厚さの、赤くてみずみずしい肉たち。その後に続いて、さきほど逃げまどっていた肉たちも、徐々に元いた場所へと這い戻りはじめた。

肩で風を切るかのごとく、肉たちは張《チャン》の前を堂々とした足取りで横切っていく。張《チャン》の存在はもう彼らの眼中に入っていないようで、近づいてみると、はっきりとその様子を見ることができた。外見、模様、色から判断するに、彼らは羊の首の後ろの部位と思われた。それぞれがまるで物差しで計ったようにまったく同じ大きさだったが、サイズ以外ではいくらか異なる点があった。まず先陣を切って進む数枚は色味が赤くつやつやとしている。その背中に乗せたネギの千切りもすでに火が通って柔らかくなっており、特に最前列の二枚に至ってはパリパリになった香菜がその表面に点在していた。隊列の後列に目を移すと、すでに焦げてしまったものや、生焼けのものもあり、とてもなめらかとはいえない動作で這い進もうとしている。もしかしたら、この星における人生のベテラン度は焼き加減によって表されるのかもしれない。そんなことといったら俺なんて、まだまだ生まれたての赤ちゃんの部類だな、と張《チャン》は力なく失笑した。

血糖値の表示はまさに格闘ゲームのライフゲージよろしく、張《チャン》の視線の右上方にぶら下がっていた。落ち着きもなくチカチカとし、これからまっすぐに下降していくだろうことを彼に強く感じさせた。

浜辺には、白ごまをまぶして焼いたラムチョップ、肉の玉ねぎ炒め、骨抜き鰻の丸焼きがあり、そのどれもが肉のとぐろをぐるぐると巻きながら、視界の先にごろごろと転げ回っていた。

張《チャン》は思った。生きた人間がぼんやり指をくわえたまま飢え死にする、そんなことがはたしてありえるのだろうか。しかも目の前を肉が這いまわってる状況で？

その瞬間、張《チャン》は目をカッと見開くと、体ごと肉の群れの中へ突進していった。傍から見たら、その様子はまるで熱中症の人間が意識を失って倒れたかのような光景で、たいした攻撃力もなさそうだったが、肉たちも不穏な空気を察したのか、飛び上がるように逃げ出した。

張《チャン》は這い上がるように地面からゆっくりと体を起こした。手の中に何かを摑んでいる感覚があった。目をやるとそれは、なあに、またしても豚バラである。だが、こんな状況で贅沢を言っている余裕などあるはずもない。酸素タンクの吹き出し口がシューシューと音を立て、頭のてっぺんから酸素を供給する。あまりの空腹感がそうさせるのか、首の後ろに酸素を吹きつけられながら、肉を手にした張《チャン》は全身に鳥肌が立つのを感じていた。

だからといって、何がどうなるわけでもない。今、このフェイスシールドを開けようものなら、それこそ終わりだ。他のどのコネクターだって同じことだ。外はいわば火の海、火柱の見えない火の海、もしくは高級な電気オーブンと例えた方が近いのか。周りに煙や真っ赤な電熱線は見えないが、音もなく、じわじわと、おいしそうに火を通されていくのだろう。

張《チャン》は手の上で意気消沈しているバラ肉をじっと見つめた。今、張《チャン》と肉を遮るものはただ一つ、この宇宙服だけだった。

酸味と苦味のまじった唾液がまたしても耐えきれずに舌のつけ根から溢れ出す。しかし、それさえも大量のエネルギーを消耗させるのか、張《チャン》は落ち着きを失い、その胸はバクバクと絶え間なく鳴り続けていた。待ってくれよ、俺には涎《よだれ》を垂らす体力すら残ってないってのかよ。飢死するやつはみんなこんな状態になっていくのか？　そんなのありえないだろ。いたら教えてくれよ、唾液をただただ流し続けて、目の前の肉を眺めながら力尽きるやつなんて。

ワープ遭難者のほとんどは、最終的に酸素不足が原因の窒息死をしている。だけど俺の場合は餓死、いや、そうじゃない、死ぬほど食べたい、この感情に命を奪われていくんだ。こんな死に方、あまりにも……そこまで思ったところで、張《チャン》の体にぞくっと震えが走った。酸素不足からくるものだろうか？　ん、待てよ、酸素だって？　彼はにわかに気を取り直すと、急いで背中に手を伸ばした。

通常、宇宙服を着ていると背中に手が届きにくいものだが、張《チャン》は背負った酸素タンクを何の造作もなく背中から外し、その場に下ろした。宇宙服を熟知しているせいなのか、はたまた一刻も早く食べたい気持ちがそうさせたのか、その理由はわからないにせよ、とにかくそうできたのだった。

手にした肉にもう一度視線を落とし、張《チャン》は少し微笑んだ。そして、酸素タンクの空気放出バルブをねじ開けた。

とっさの思いつきだった。この宇宙服は、酸素タンクとの接続部分にある一方通行のバルブ以外、完全に密閉されている。もちろん、このバルブも必ず酸素タンクの特別なコネクターを介して開く必要があり、酸素タンクを下ろした後でも絶対開けてはいけないことになっている。けれども、ともかくこれが宇宙服の内側と外側を繋ぎ合わせる最後の希望だった。

宇宙服越しに外の音はもちろん聞こえてこない。だが、バルブを外し、空気が抜けはじめた酸素タンクを見つめていると、どうしても、あの「ジュージュー」という起伏のない音が脳内で再生されるかのようだった。

圧力計の数字が減ってきていた。これは今現在、空気が抜けていることを証明する唯一のもので、その値は非常に安定したペースで下降を続けていた。張《チャン》の行動は、高速道路を電動カートで走るぐらい命知らずの狂気の沙汰だった。

酸素タンクは変わらず酸素の放出を続けている。酸素濃度がここだけ高くなっているせいだろうか、きっと肉たちもはるか遠くに距離を取っていた。酸素濃度がここだけ高くなっているせいだろうか、きっと肉たちもこんなガスには遭遇したことがないのだろう。さいわい、ここの大気の九〇%は二酸化炭素なので、酸素がこれぐらい増えたところで爆発などはしないはずだ。まあ、どのみち、この宇宙服ならしっかり対応してくれるさ……爆発だってね。

フェイスシールドの右上端の値が点滅し、さらに0・1下がった。酸素タンクはアラームランプを点灯させ、ぶるぶると振動をはじめた。それはさながらベッドで苦しむ瀕死の喘息患者のように、とてもつらそうな様子だった。それからどれぐらいの時間が経ったろうか、圧力計の値はようやく終点にたどり着いた。

張《チャン》の視界はすでにぼやけていた。乾いて割れた唇を舐め、胃の中の酸っぱい液体を抑えながら手の中のバラ肉を酸素タンクの空気放出口に押し込むと、すぐさまバルブを締めた。圧力計がまたもや震えだしたが、今度はさきほどのように安定した振動ではなかった。そして張《チャン》は酸素タンクを持ち上げると、まるで何度も練習してきたような手際のよさで、背中に装着した。

タンクを差し込んだその瞬間、頭上の吹き出し口から、調子の外れた嫌な感じの機械音が聞こえはじめた。そして同時に、芳しい匂い、決して幻などではない本物の焼肉の匂いが流れ込んできた。息を深く吸い込むと、まるで酸素に酔っ払ったみたいに意識が遠のいていく。

酸素タンクには自動加圧システムが搭載されていて、中に入ってきたものなら何であっても、宇宙服内に押し込んでくれる。張《チャン》は我ながら本当に頭が冴えてるなと思った。酸素タンクの二つの気筒のうち一つを取り出して外部へのコネクターにする、こんな奇策を思いついたのだから。しかし、それからしばらく経ってもまだ、肉挽器のような音を立てた酸素タンクはきつそうな唸り声をあげ続けていた。

もしや壊れたか？　一方、匂いはさらにその存在感を強めてきている。

見上げて頭上を確認したいところだが、吹き出し口はどうしても視界に入らない。その間も、調子外れの叫びが頭上から聞こえ続けている。

その叫びがだんだんとこちらに近づいてくるのがわかったとき、にわかに緊張が高まった。張《チャン》の表情が歪みはじめた。ひんやりとした空気がその首に吹きつける。手を動かしてみてもどうにもならない。それはまるで何者かに襲われるような気配に似ていた。冷気のあたるうなじのあたりがピクピクと無意識的に、背中をそっと触られた猫のように総毛立つのがわかった。

その時間が持続すればするほどに、息苦しさが増幅していく。と、そのとき、頭上で突然パンッという音とともに破裂が起こった。衝撃で張《チャン》は体ごと揺さぶられた。

頭の上から個体と液体の中間のようなものがまっすぐ降りそそぐのを感じた。続いて、左の肩と首の間に激痛が走った。張《チャン》は悲愴な声をあげて、条件反射的に必死に肩を叩いた。もちろん、宇宙服に隔てられたこの手では何の役にも立たない。割れんばかりの悲鳴。今や張《チャン》にはのたうち回る力さえ残されていなかった。

張《チャン》の様子がようやく落ち着いてきた頃には、宇宙服はすでに「使用者身体状況レポート」なるものを出力していた。見れば結果は簡潔明瞭で、「部分火傷」と書いてある。首から背中にかけて焼けるような痛みがあった。首は痛みによってこわばり、ほとんど動かせなくなっていた。

なにしろ外気温八〇〇度である。一枚の〝焼きたて〟肉が、攪拌されてペースト状になったときに少し冷めたとしても、温度がそこまで大きく下がることはない。それをこんなふうに首に一気にこぼせば、火傷しないほうが不思議というものだ。張《チャン》は首を振って残念がろうとしたが、傷口が痛んでそれもできない。もはや、口を歪めたところで何の足しにもならないのだ。

それにしても、肉を一口食べるために払う代償が大きすぎやしないだろうか？　張《チャン》はどうにか体を起こした。宇宙服の中は相変わらず焼肉の匂いが充満している。少々むせかえりそうになるものの、それはとても魅惑的な匂いだった。さいわいにして肉はもうすでに中まで入ってきているのだから、見た目や形状、口当たりはともかくとして、ひとまず口に入れてみようではないか。そう思い立ち、左の坐骨の上のところ、ペースト肉が一番溜まっている場所に触れた。ひどい痛みが走った。

張《チャン》は宇宙服の上からペースト肉にちょっとずつ触れながら、慎重に口の方に移動させようとした。どんなに腹が減ったところで、口が腹まで伸びてくれるわけではない、まず口の中に肉を入れなければ始まらないのだ。とはいえ、それも手が外にある現状では根本的に不可能なことだった。宇宙服が厚すぎることに加え、傷口は激しく痛み、ペースト肉はその場所に重なったまま動く気配もない。

服の中には肉があるのに……その上、匂いだけははっきり嗅ぐことができるのだから、さらに苦しい。一体どれだけ俺を痛めつけたら気が済むんだよ！　ちくしょう、火傷の激痛と低血糖からくるひどい目眩がなけりゃ、こんなもん絶対ゲラゲラ笑い飛ばしてやっただろうに。

このままお預けなんて、そんなことあってたまるかよ。張《チャン》は宇宙服の袖から自分の腕を抜くために歯を食いしばった。袖は緩いわけでも、伸縮性があるわけでもない。しかも抜くときに力がかかる部分にちょうど大きな火傷があった。それでも張《チャン》は腕を抜いた。たちまちのうちに、フェイスシールドに霧が立ち込めていく。焼肉の匂いと自分の汗の匂いが混ざり合った。

ああ、なんという味……、豚バラのペーストを口にした張《チャン》は心に誓った。もう焼肉なんて金輪際食わねえ。

下降を続けていたフェイスシールド右上端の数値が少しずつ上昇しはじめ、最終的に値が消えた。

張《チャン》は体の左側の火傷に触れないように気をつけながら、よれよれとその場に倒れ込んだ。ふう、ついにやってやったぞ……なんとか難関を乗り越えたのだ。それから、こうも思った。あと一日もしないうちに、またもう一回、こんなふうに肉を食べなければいけなくなるのだろうか。いや、一回では終わらないかもしれない、二回、三回……そう思うと全身の毛がぞわっと逆立った。

そしてただひたすらに、誰かが助けにきてくれることを祈るしかなかった。

とそのとき、張《チャン》はどこかから一筋の光が差し込んでくるのを感じた。彼が首を回すことができない方角からだった。体ごとなんとかそちらに傾ける。そこにいたのは……一隻の宇宙船だった。

激しい興奮とともに、張《チャン》は飛び上がるように立ち上がった。宇宙船はすでにゆっくりと大気圏に入り、そう遠くないところへ着陸した。

間違いない、救助隊が見つけてくれたのだ。すぐさま宇宙服の救難信号の発信を再開する。ブーブーブーという信号音が耳元で鳴りわたる。その響きときたら、ほら、なんだか陽気なダンスミュージックを奏でるトランペットみたいじゃないか。

そうだ、この冒険のすべてを俺のブログで書いてやろう。不思議な星にやってきた一人の人間の冒険を、そして死同然の苦しみを経験した人間の話を。そんな話書けるやつが他にいるとでも？

そんなことを考えながら着陸したばかりの宇宙船に自らの位置情報を送る。宇宙船がいる場所はこの浜辺からかなり近い岩山の裏だった。ここにきてようやく、助かったという実感が張《チャン》の胸に込み上げてきた。

浜辺の上にはあいかわらず肉たちが残っていた。豚バラ、牛リブ、羊足、ローストダックなどなど、そのどれもが張《チャン》を恐れることなく、彼の周りに群がって、ぐるぐる回ったり、踊ったりしているかのようだった。中にはニョロニョロするものや、転げ回るもの、寄り添いあって歩くものもあり、海の波さえも何かのリズムに合わせて揺れているように見えてくる。

空を飛ぶ鳥がいないのは残念だが、それでもあっぱれ素晴らしい星じゃないか。あばよ、また戻ってくるぜ。次はもう一人じゃないからな。俺のフォロワー連中を引き連れて、ここを冒険させてもらうよ。

ちょうどそのときだった。目の前の岩山の背後から宇宙船がゆっくりと離陸を開始したのだ。張《チャン》は再び悲鳴を上げた。もうどんな火傷も構ってはいられなかった。大股になり、岩のそばへ突進していく。おりよく、ひと一人が通れる幅の隙間があるのを見つけるやいなや、体を横にねじ込んだ。岩山の向こうには平原が広がっていた。宇宙船はもうとっくに平原の上空を旋回しはじめている。おかしい、おかしい！　こんなのありえないだろ！　救難信号を最大出力に調整し、最後の希望に向かって必死に手を振り回す。しかし、宇宙船はビューンという音を立てながら、期待虚しく飛び去っていった。

この数分の間に起こったことが張《チャン》には理解できなかった。ヒステリックに取り乱すと、彼は地面に倒れた。とそのとき、倒れた視界の遠く先にぼんやりと建物が並んでいるのが見えた。

よろよろと、這い上がるように、彼は起き上がった。なぜあんなところに人為的な建造物が？　ふらつく体を支えながら、張《チャン》は建物に向かって歩き出した。

その建物には窓があった。窓にへばりつき、中を覗いた張《チャン》はその光景に言葉を失った。そこはレストランになっていた。しかもかなり繁盛している様子だった。扇子であおぐ人、冷たいビールを飲んでいる人……右の方を見ると、一人のウェイターの格好をした男がちょうど食事客と話をしていた。ウェイターはうなずくと、断熱の宇宙服を着て、網を持ち上げ、減圧室を経由して、張《チャン》のすぐそばのドアから建物の外に出てきた。

フェイスシールド越しに見つめる張《チャン》に向かって、ウェイターはこくりと会釈をし、微笑みを浮かべながら浜辺の方角へ歩いていった。

その様子にハッとした張《チャン》は、慌てて数歩下がって、建物を見上げた。正面玄関に看板がかけられていて、文字が並んでいる。そこには、こう書かれていた。〈焼肉〝ビュッフェ〟プラネット　星付きレストラン第四支店〉

ブリジェット・チャオ・クラーキン

柴田元幸 訳

深海巨大症

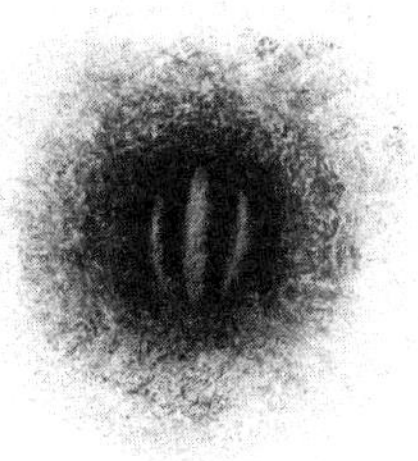

本作「深海巨大症」はいままでのところ、ブリジェット・チャオ・クラーキン（Bridget Chiao Clerkin）による唯一活字になった作品だと思われる。文芸誌 *Tin House* 八〇号（二〇一九年夏）に掲載された。*Tin House* はこの八〇号をもって休刊となった。

Tin House のウェブサイトは二〇一七年にクラーキンのごく短い短篇を載せている。あくまで個人的意見だがそこに載っている作品は彼女の本領を伝えてはいない。現時点ではブリジェット・チャオ・クラーキンはこの「深海巨大症」一作で評価されるべきである。そしてそれは決して低い評価ではないはずである。サイトにはまた、彼女がテネシー州チャタヌーガに夫と子ども三人と一緒に住んでいることも記されている。エージェントを通して本人に履歴・現況等を問い合わせたところ、「ミドルネームの Chiao は中国系の名（巧）である」という返事が来た。

なお、本文中に出てくる「シー・マンク」とは、かつては十六世紀にデンマーク沿岸で発見された、修道士とよく似た格好の生物を指したが、現在では「モンクアザラシ」の別名となっている。

日光層《サンライト・ゾーン》

海修道士《シー・マンク》を探す探検の資金を提供した後援者は、夫と成人した息子二人が海で姿を消した女性だった。後援者は「姿を消した」と言ったが、彼女が部屋にいないと人々は概して「死んだ」と言った。

後援者に言わせればそれは違う。夫と息子たちは、海修道士に受け入れられたのだ。さまざまな海洋浄化プロジェクトに彼女は莫大な金額を寄付していた。惑星は変わりつつあり、後援者は悪夢に苛まれていた――夫と息子たちが恐怖に包まれなすすべもなく見守るなか、大洋で集団死が次々発生し、礁《しょう》が漂白され、クラゲが繁殖する。彼女としては、もし夫たちが帰らないことを選んだのであれば、そっとしておいてやるべきだという気持ちもあった。彼女の想像のなか、愛する家族の手が海修道士の鰭《ひれ》を摑み、〈主の祈り〉を人と水生動物が並んで唱え、一緒に海底菜園を世話して、防水加工された写本に彩色を施し、美味の水中ビールを醸造していた（修道院でビールを作るのは一般的なならわし）。が、やはり知りたかった。船舶が理論上はいくらでも水中に留まっていることを可能にする新しいテクノロジーのことを聞いて、後援者は地元の聖職者のところへ相談に行った。彼女が喋っているあいだ、聖職者はひたすら、過去彼女がどれほど気前良かったかに気持ちを集中させ、脳内で上映されている、ミニチュアの托鉢修道士たちが風呂用玩具みたいにひょこひょこ浮かび小さなタツノオトシゴに乗って海藻の森を進んでいくアニメーションからそらすよう努めた。聖職者の祝福を得て、後援者は海修道士探検への資金提供を決めた。

　ルビーが探検に加わったのは、後援者の田園邸宅に隣接した教区にあるセントエグバート教会の受付係をしていたからだった。探検を組織した人々は、後援者自身の教区では参加希望者を一人も見つけられなかったのである。ルビーの勤務する教区でもやはり一人も見つからなかったのだが、やがて誰かが「ルビーに訊いてみたら？」と言ったのだ。ルビーはおよそ探検と呼びうるものに加わったことは一度もなかったし、自分がこの探検の一員になっているのは、組織者たちの期待がきわめて低いことのあらわれだとはっきり意識していた。だが彼女は恋愛に終止符を打ったばかりで、探検に出かければ転換の足しになるかもしれないと考えたのである。ねえロイド、あなた、私と別れてからどうしてた？　へー、いいわね。私、潜水艦に乗るのよ。未知の果てに触れに行くの。


　歴史上、海修道士は人魚と違って大衆の想像力に根を下ろせなかった。ある種の魅力が彼らには欠けていた。彼らを描いた数少ない絵は、剃髪《ていはつ》した人間の頭を魚の体にくっつけてあり、鱗《うろこ》のある鰭と尾とが修道士服を形成している。そうした絵を載せたのは、いずれも時代遅れの博物誌の書物だった。ヘロドトスの記述を真に受け、一角獣、犬頭人、ブレムミュアエ〔頭がなく目と耳が胸についていたとされる人種〕を載せているたぐいの書物である。宗教改革以降、目撃例は「稀」から「ほぼゼロ」に減った。私、海修道士なんて聞いたことある人間を一人でも知ってるかしら、とルビーは首をひねった。高校でつき合っていた、大学の入学願書に、希望キャリアパスは隠蔽《いんぺい》動物学、と臆面もなく書いた男の子だって、どうか。

　その高校のボーイフレンドは、いまは公認不動産業者である。ロイドと別れかけている時期にネットで調べてみたのだ。ほかにも何人か元カレのことを調べてみたが、みんな彼女と別れたあとに初めてきちんとした職に就いていた。あたかも彼女が、何度か擦《こす》るだけでご利益《りやく》のある仕事獲得護符であるかのように。

海修道士が息子たちと夫を受け入れたと後援者は信じている、とトレヴァーから説明されると、ルビーは「悲しいですね」と答えた。情けない、悲しく情けない、という意味。ロイドが海に流されてしまったら、彼女だって悲しくなったかもしれない。けれど悲しくても、一緒に過ごした時間を有難く思うだろう。その方が、時間を無駄にしアパートの敷金を無駄にした（ロイドは一銭も出せなかった）ことを憤るよりましに思えた。

「うーん、どうかなあ」とトレヴァーは言った。「希望とは美しいものだよ」。こういう無邪気な発言をバラまくたぐいの人間なのだ。「彼女に味方するわけじゃないけど、海修道士との遭遇の記録も残っているしねえ。王様が海修道士を見つける話だってある。これは海司教《シー・ビショップ》と呼ばれていると思うね。王が水槽に入れたんだが少し具合が悪くなったようだった。鰓《えら》のあたりが少し緑色になったんだ〔“green around the gills”は普通は人間に使う比喩で、「顔色が悪い」の意〕」

ルビーがこのジョークを理解するのを待ってトレヴァーは間《ま》を置いた。

「いわば、ということだけど」と彼は言った。

「はは」ルビーは間の抜けたタイミングで笑った。

「それで人間の司教たちが王に進言して、海司教を解放するよう説き伏せたんだ。司教たちが海に連れ戻したら、礼を言って、十字を切って、泳ぎ去った」

「話、それで全部なんですか？」

「ほかに何が要《い》る？　半人半魚以上で、人魚でもなく、なぜか司教なんだぜ？」

トレヴァーはもうひとつ、十七世紀に誰かが海修道士を捕まえて逃がしてくださいと乞われたにもかかわらず逃がすのを拒んだ話をした。海修道士は食べ物も受けつけず、ひたすら海を恋しがり、一週間くらいで死んだ。海司教の話へのルビーの反応にまだムッとしているらしいトレヴァーは、この逸話を「さっきの話の方が好きかい？」の一言で締めくくった。

＊

潜水艦はオハイオ級原子力潜水艦で、何マイルにも及ぶ通路が内部にくねくね腸みたいに広がっていた。一同を潜水艦に運ぶ船の上で行なわれたオリエンテーションで、水中にきわめて長時間留まることを可能にするメカニズムを一等航海士が講釈した。名づけて鰓《ギルズ》（あるいは何かの頭文字を並べてＧＩＬＬＳなのかもしれない）。船長はオリエンテーションに出席せず、その不在を一等航海士が詫びた。船長はすでに潜水艦に乗船していて、最後の準備に携わっているのだと航海士は説明した。

この潜水艦は元来、アリゾナのとある警察署が１０３３プログラム〔国防総省余剰武器処分計画〕によって入手し、のちに毎年恒例の〈警察を支援しよう〉祭りでオークションにかけて売却した。競《せ》り落としたのは、豪華海中クルーズ体験産業の先駆者たらんとしている起業家であった。ただ単にこの競りに加わるために、はるばるベイエリアからやって来たのである。投資者たちはいっこうに現われず、そこへ件《くだん》の後援者が介入してきたのだった。

起業家はすでに、ＧＩＬＬＳの導入をはじめとする全体的なアップデートを済ませていた。巧みに工夫された構造なので、乗客は機械も乗組員もいっさい見ぬまま何日も過ごせるようになっていた。シャンデリアのある大きなダイニングルームがあり、船首には巨大な窓、カウチ、ブースを設置した展望エリアがあって、元来これは、極上の酒を楽しみつつ潜水艦のスポットライトのいわば強烈な薄明かりで大洋の動きを満喫できるラウンジとして構想されたものだった。展望用の窓は高さ九メートル、潜水艦の前面全体に広がっていて、厚さ一メートル半のプレキシグラスで出来ているという。スポットライトは見えるものすべてをぼんやりくすませ、ビロードのように見せた。

今回の探検隊に合わせて最後に組み込まれた設備としては、スポンサーになった一連の製薬会社の名前がドア脇の銘板に刻まれている大きな最新式のラボ、ワークアウト室、レクリエーション室があった。レクリエーション室にはテレビとビデオプレーヤーがあり（ビデオライブラリーはケヴィン・

コスナーが大半を占めていた）、エアホッケー台があったが台は空気を吹き出す代わりに吸い込んでしまうので使えなかった。

　ラボはアップルストアのように明るくて白く、電灯はつねに点いていて、昼夜のサイクルを模してタイマーが設定された廊下の照明とは異なっていた。脳の研究者で、人間と動物の関係を調査しているサリーハがルビーに警告したところでは、昼夜のリズムを奪ってしまうと人間はきわめて奇妙な行動に走りがちだということだった。

　サリーハは乗船した科学者三人のうちの一人で、残り二人はマリーアとナターシャといった。これに、チームコーディネータを名のるトレヴァーと、ルビーを加えて五人。ラボの野心的大きさからすれば小さなチームだが、更なる援助を仰いだ企業や財団の大半が、「海修道士」の一言で引いてしまったのである。サリーハ、マリーア、ナターシャの三人で四つの博士号を所有していて、ということはつまり誰かが複数持っていることになる。彼女たちはこれまで一度も一緒に仕事をしたことはなかったし、同じ組織に所属したこともなかったが、みんな同じ人たちを知っているようだった。マリーアはナターシャの指導教官の指導教官を知っていて、ナターシャは学部生のころサリーハの指導教官の娘と同じ階に住んでいて、サリーハはマリーアとナターシャそれぞれの論文を過去に掲載した学術誌の編集長と友人だった。三人とも『ニューヨーク・タイムズ』に載った同じ公開書簡に署名したことが判明すると、職業的義務を超えた仲間意識が芽生えた。ナターシャはポスドクを終えたばかりで、海雪《マリンスノー》が専門だった。サリーハは大人数集団に関する統計的数字が必要になるたびＮＰＲ〔全米公共ラジオ〕がよく引き合いに出す巨大シンクタンクに勤めていた。マリーアは東海岸の有名大学に所属し、夏はいつもベネズエラで何かをやっているということだったが、何をやっているのかルビーにはいまひとつ聞きとれなかった。彼女たちは「海修道士」については不問に付すことに決めていた。みんな深海は自分の専門領域であり、この潜水艦に乗れば前代未聞の濃密さでアクセスできるのだから。

トレヴァーはしじゅう、ほかの四人が知らないいろんな場所の名を挙げた。知らない、と誰かが避けがたく白状すると（あるいはしなくても）、「うん、聞いたことある人は少ないよね。知る人ぞ知るところにあるから」と言うのだった。「ところ」の代わりに「ロケーション」と言うときもあった。そういったエキゾチックな場所で、彼はいつも同じことをやるみたいだった――ほかの西洋人たちと一緒に、安い地ビールで酔っ払う。グローバル規模のバックパック用品企業数社に勤務経験があるという理由で、トレヴァーは一応すべてを管理する立場で雇われていた。のちに、トレヴァーと性交するようになると、ルビーは自分の採用プロセス（「ルビーに訊いてみたら？」）を思い起こし、彼の雇用に至った意思決定に疑問を抱くようになった。

ほか三人の女性は研究者であり、この航海期間中ずっと、各々《おのおの》の長期的プロジェクトを遂行するということになっていた。ルビー自身はいわば一回使用の人材、任務はひとつだけだった。バチカンからの、教皇大勅書を届けること。この文書によって、現存の海底修道士団を公式に認知するプロセスが始動する。海修道士が最後に目撃された記録は一八五五年のものだったから、彼らが第一・第二バチカン公会議をめぐる報せを聞きそこなっていて、教皇の不可謬性《ふかびゅうせい》、ラテン語でミサを唱える義務廃止、といった大ニュースを知らないのではとの懸念があったのである。大勅書は高級なポスター筒に入れられていた。ボール紙は厚く、優雅な艶消しの黒だった。その筒がより大きな、ローマから来た際の凹み、汚れ、ステッカーがついたままのフェデックスの筒に入れられている。ルビーは大勅書を見ていなかったし、それが防水加工されているのかどうかも知らなかったが、ブッラと呼ばれる金属の教皇封印が、筒の中でゴトン、と転がる音は聞こえた。

荷をほどき始めて、ルビーは遅まきながら、探検を祝福した司祭がこの航海に参加していないという事実について考えはじめた。彼女自身、海修道士が本当に見つかるなんて思っていなかったので、それまで自分の任務について細かく考えたことはなかったのである。こうして潜水艦に乗り込んだいま、任務の遂行をどうせ求められはしないと決めていた気持ちも揺らいできた。海修道士は潜水艦に入ってくるのか？　それとも彼女がダイビングスーツを着て出ていくのか、講習を受けて深海潜水士の資格を取得しておくべきだったか？

海修道士とはセイウチが目撃されただけだと考える人もいる。自分がセイウチを見たと思って、それが海修道士だとわからなかったら？　鰭があったら、握手を求めて手を差し出すのは失礼だろうか？　彼らは英語を解するだろうか、あるいは最悪のシナリオとして、初級スペイン語は？　検討すべき具体的細部がにわかにすごくたくさんあるように思えてきたが、どういうことが期待されているのかトレヴァーに訊いてみると、「うん、君が望む展開で僕も異存はないよ」とにこやかな答えが返ってきた。

一人ひとりが個室のキャビンを与えられた。どのキャビンにも二段ベッドが二つあって、あいだに小さな椅子が置かれ、ドアと反対側の壁に押しつけられている。キャビンはどこもこの探検のために大急ぎで改装されていて、あまりにも多くのキャビンとあまりにも多くのベッドが用意されていた。

ルビーはどこかで、外国の船舶事故の死亡者数の大半は――たしか『タイタニック』も含めて――緊急時の避難方法を記した掲示に乗客たちが注意を払わなかったことが原因と考えられる、という記事を読んだ確信があった。ドアの内側に貼られた避難経路図を、彼女は定期的に見るよう努めた。図にはそれぞれ符号のついたルートが示され、「現在地」の星があり、全体が派手に色分けしてあった（色の説明はなかったが）。ルビーの部屋は「避難グループ紫」に割り当てられていた。

航海が始まって一夜明けた翌日は、潜行を開始する地点に達するため水面近くを走行することに費やされた。その日ルビーは展望窓から、そして自分のキャビンの舷窓《げんそう》からも、極彩色にきらめく図柄が次々現われては消えるのを眺めた。

はじめルビーは、彼女を沈めようと水が迫ってきたとしても、容易に追い返せるものと高を括《くく》っていた。潜水艦が再浮上し、自分たち五人が、目もくらむ太陽の下、投げ上げた一握りのコインみたいに水上で跳ねて光る姿を思い描いていられた。この楽観は、潜水が始まった最初の朝に目が覚めて、舷窓の小さな輪に縁どられて、何も語らぬものすべてがいまだそこにあるのを見て霧散した。

より深くに潜り、ゆえに太陽からさらに離れるのだと、理屈としては承知していたが、それがどういう意味なのかを彼女は突然理解した。自分たちは果てのない夜に降りてきたのだ。自分の心配は、夜が永遠に続くことというよりは、やって来る昼がないことなのだとルビーは実感した。窓は泡を立てて彼女に接近してくるように思えた。彼女はあわてて舷窓の覆いを閉めた。それ以来舷窓を、たとえ覆いがしてあってても見ないようになった。

薄暮層《トワイライト・ゾーン》

潜水を始めて二日目、潜水艦は巨大な絶壁に沿って降下しはじめ、この後ずっと、海洋地殻までずっとこの絶壁をたどって行くことになる。壁面には穴や洞窟やトンネルがそこらじゅうあって、潜水艦からの光で所在は照らし出せたが、光が中まで届きはしなかった。

その日避難訓練が始まると、ルビーは緊急集合地点に向かおうと、キャビンに貼ってある避難経路図の指示を復唱した。洗面所で右に曲がる、洗面所で右に曲がる。彼女は洗面所で右に曲がり、何分か速足で歩いた末に自分のキャビンの前に戻ってきた。途中、余計なところで曲がったりはしていない。廊下がカーブを描いてもいない。サイレンはまだやかましく鳴っている。ふたたび船長が、あるいは誰かが、「各自の緊急集合地点に行ってください」と言い、ふたたびルビーは出発した。そしてふたたび自分のキャビンの前に行きついた。通路の左右を見たが、誰もいなかった。

目の前のキャビンのドアが開きはじめた。彼女は魅入られたように見守った。トレヴァーが出てきた。そこは彼女のキャビンではなく、トレヴァーのだったのだ。

「迷子になりました」ルビーは言った。

トレヴァーは寝ていたみたいな声だった。「これ、いつから鳴ってる?」

「サイレンですか? 十分前から、ですかね」ルビーは言った。「一時間とか。感じとしては一時間です。訳わかんないです」

「行った方がいいな。こういうこと、ああいう連中はけっこう真剣だから」

彼女はトレヴァーのあとについて行った。二人は洗面所で右に曲がった。さっき彼女が右に曲がったのとまったく同じ洗面所だったが、今回はほとんどすぐに、廊下がもうひとつの廊下に行きあたる小さなエリアに出た。ナターシャ、マリーア、サリーハがそこにいた。加えて乗組員が一人と、厨房の制服を着た男が一人。だがオリエンテーションを行なった一等航海士はいなかった。乗組員はクリップボードを持っていた。

「やっと来た」ナターシャが言った。厨房の制服を着た男はこれを合図と受けとったのか、立ち去った。

乗組員はトレヴァーとルビーに、登録用紙にイニシャルを書くよう指示した。用紙にはほか三人のイニシャル以外何も書かれていなかった。「ではこれで我々全員だ」乗組員はきびきびと言った。

「我々全員?」トレヴァーが訊いた。

乗組員は何かさっさっと書き込んでいた。顔も上げずに喋った。「避難集合地点がいくつかある。君たちが極力短時間で安全な場に到達できるようになっている。ぜひ自分の地点を覚えておくといい」。カチッとペン先をしまった。「よし、では警報解除のサイレンが鳴るまでここにいるように」。厨房の制服を着た男と反対方向に乗組員は立ち去った。

警報解除はいつまで経っても鳴らなかった。もう帰っていいんじゃないの、と言い出す勇気を一人が起こすまでしばらく時間がかかった。

そのころにはもう夕食時間だったので、みんなでダイニングルームへ進んでいった。ダイニングルームはラボ、各自のキャビン、ワークアウト室より一段階低い場所にある。一日に三度、食事が並べられドアが開錠される。七時、正午、午後六時。テーブルは何十とあったが、食べ物はいつも入口から一番遠いテーブルに置かれていたので、いちいち部屋を横切らないといけなかった。とにかくだだっ広い部屋に、誰も座っていない椅子がおそろしくたくさんあって、どうもゆっくり留まる気になれない場所だった。

食べながらトレヴァーがサリーハに、いまの専門はどういうきっかけで始めたのかと訊いた。

彼女が答えて言うに、学部生のときに取った心理学の授業で、生後九か月のアルバート坊やがそれまで怖がっていなかった動物(鼠、犬、兎)を怖がるよう条件づけられた実験のことを知った。科学者たちが坊やにそれらの動物のひとつを見せ、同時に坊やの頭のすぐ上で金属の棒を金槌で叩く。乳幼児はほぼ例外なく大きな音を怖がるので、アルバート坊やは動物も怖がるようになったというのである。

「で、そういうのに興味持ったわけ？　人間の行動を条件づけることに？」トレヴァーは言った。

「ちょっと違う」サリーハは言った。「私が一番興味を持ったのは、今日ではそういう実験はやらないという点。倫理上許されないから。倫理の拘束の下で知識を得なくちゃいけないという縛りが、この分野で一番面白いところだと思う。近道しようとすると、かならず誰かに影響を及ぼしてしまう。時にはサリドマイド・ベイビーみたいに何千人もが影響されて、時には一人だけ」

「アルバート坊やみたいに」マリーアが言った。

「そのとおり。でもそれだけじゃない。近道をしないことでもやっぱり誰かに影響してしまう。こっちがリサーチを行なうための倫理的なやり方を考えているあいだ、誰かが私たちを頼みにしているかもしれない」

「法律とか倫理とかがなかったらどれだけ多くを知れるか、考えると面白いね」トレヴァーが言った。ナイフで明るい黄色のピラフをフォークに盛っている最中だったので、ナターシャが向けた軽蔑のまなざしにトレヴァーは気がつかなかった。「戦犯ってそういう奴らよね」ナターシャは言った。


ルビーがレクリエーション室へ行くには、ラボの前を通らないといけない。中ではよく、三人の女が白衣姿で動き回り、時には手袋をはめて安全眼鏡もかけ、容器にラベルを貼ったり、天井からアームで吊したコンピュータにデータを打ち込んだりしていた。三人の日々のスケジュールはリサーチによって決まった。つまり日常の平凡なことも高等な思考に左右される。サリーハはたいてい、鼠をチェックするために昼食の席を早めに立った。潜水艦がどんどん深く潜っていくなか、鼠たちの二十四時間リズムやその他の行動を彼女はモニターしている。ナターシャがいつも朝食に遅れてくるのは朝一番に観察記録をつけないといけないからである。マリンスノー、すなわち水中をゆっくり降下する有機老廃物を調査しに彼女は来ているのだ。もっぱらこのマリンスノーを食べて生きている有機体も海には存在する。一見水が入っているだけに見える試験管をナターシャはいくつものラックに並べていたが、手にとって明るい光にかざしてみると、水を曇らせている粒子が見えた。展望窓の外のサーチライトも同じことをやっていた。いったん粒子に焦点が合ってしまうと、目が寄り目になって、ほかのものは何ひとつ見えなくなってしまう。闇の中をキラキラと通り過ぎていく発光生物さえも――ごく小さなドラゴンフィッシュ、ほのかに光る小さなクラゲ、悪夢のごとき針の歯を頭の突起が照らしているアンコウ。

「で、あなたこれの前は何してたの?」ナターシャがルビーに訊いた。みんなでレクリエーション室で映画を観ているところだった。トレヴァーはホッケー台を直そうとしていた。

「教会の受付をやってました」

「それってどういう仕事？」ナターシャが訊いた。テレビでケヴィン・コスナーが小便をしていた。

「ほかのオフィスワークとそんなに変わりません。年じゅうスケジュールを組んで。イタリア連盟の副会長が辞めてからは聖餐式《せいさんしき》の侍者《じしゃ》のスケジューリングもやらされました。男の子たちは自分が出られなかったら代わりを見つける決まりなんですけど、絶対やらないんです」

「でもけっこう深く関わってたわけよね？　派遣されたんだから？」

「正直言って」ルビーは言った。「大勢断ったんだと思います」

トレヴァーが言った。「そいつらが断ったことは重要じゃない。重要なのは君が引き受けたことだ」

ナターシャは彼を無視した。「ネットで調べてみたのよ。アザラシかダイオウイカでも見たんだろうってみんな思ってるみたい。マナティー見て人魚だと考えたのと同じに。勅書、何て書いてあるの？」

ルビーは肩をすくめた。「連絡してほしい、だと思います。たぶんラテン語で」

「じゃああなた見てないわけ？」

「開けてません。見つかったら、渡すんです」

ナターシャは首を横に振った。「資金もらうために、ずいぶんアホな話につき合うものよね」

「先入観を持ち込めば持ち込むほど、状況から得るものは少ない」トレヴァーが言った。「手に入りにくいものほど――」

「この映画、覚えてたよりもっとひどい」ナターシャが出し抜けに言って、立ち上がって出ていった。

ルビーは驚いたが、あとになって、もうこの時点でナターシャとトレヴァーは性交していたにちがいないと悟った。

ルビーとトレヴァーが初めてセックスしたときはなかなか厄介だった。熱さを欠く一回目にありがちなぎくしゃくした動きが、場所の狭苦しさによって増幅された。二段ベッドは狭くて低く、何もかもが金属だった。

結局最良の方法は、壁に押しつけられた椅子を使って下向きになることだった。トレヴァーが彼女のうしろに回るのだ。トレヴァーに関するすべて、彼女とトレヴァーを足して出来た一個の個体に関するすべての中で、この姿勢がルビーには一番ましに思えた。深さも角度も彼女に合っている姿勢だった。

深夜層《ミッドナイト・ゾーン》

共用の洗面所に行こうと廊下をルビーが歩いていくと、ワークアウト室の窓の外にトレヴァーがじっと立っていた。トレヴァーが何を見ているのか彼女にはわかった。器具から空気が吐き出される音がして、ほか三人が中にいることがわかる。ルビーもよく彼女たちの姿を眺めていたのだ。

ふり向いた誰かに気づかれるか、鏡に映った姿を見られるかすると嫌なので、決して長くは留まらなかった。三人とも白いイヤホンを耳にはめ、通気性・通水性のあるワークアウト服を着ている。ルビーはワークアウトの服なんて、荷物に入れることすら考えなかった。眺めているうちに、三人の体がだんだん流線形になっていくように、より脚が長く、よりしなやかに、より素敵に女らしくなっていくように思えた。マシンを一回漕ぐごとに彼女たちはヴィーナスのごとく立ちのぼり、ムール貝のように黒光りするバイクマシンやステアマスターはさしずめヴィーナスの足下の貝殻だった。

洗面所で歯を磨きながら、流し台の上の小さな曇った鏡をルビーは覗いてみた。ナターシャの姿をルビーは想った。何しろ姿勢が堂々としているので、体はワークアウト・マシンを上下しても長い三つ編みがつねに腰のくびれのところに留まっている。サリーハのふくらはぎと、艶々でぴっちりしたレギンスの下でゆるやかに収縮する筋肉とをルビーは想い、白鳥の首のごときマリーアの細い足首を、メーキャップ係が付けたかのような額のわずかな光沢を想った。そして鏡を見ていると、自分の顎の小さなニキビの跡がより濃く、広くなっていき、はっきりした点になり、シミになり、大陸になった。両腕の毛が長く粗くなっていき、唇が渇いてやがてぱっくり裂けて血の明るい筋が見えた。歯は黄色くなり歯茎が引っ込んだ。首のそばかすから針金のような、ラジオの電波を受信できそうな毛が二本生えてきて、やがてソバカスがホクロになり、どんどん高さを増して三次元化していき癌になった。こうしたすべてを、ルビーは魅入られたように眺めた。このまま廊下に出ていって、じっと動かずに待っていれば、きっと誰かを死ぬほど怯えさせることができるだろう。

廊下には紅《くれない》の、映画館ばりのカーペットが敷かれていた。照明の質は場所によってまちまちで、明るいところを歩いていても、いつ薄暗い、揺らぐ深みに踏み込んでしまうかわからない。夜になって照明が切られると、代わりに誘導灯の細い帯が廊下の一方の端のみに沿って点灯し、ルビーは時おり斜面を歩いているような気分になった。理屈としては、誘導灯のつねに左だか右だかを歩くようにすればキャビンに戻れるはずなのだが、レクリエーション室や展望室にいる最中に頭上の照明が消えると、ルビーはたいてい人工の朝が訪れるまでそこから動かなかった。レクリエーション室にいたら概して一晩じゅう起きていて映画を観て、それからキャビンに戻って眠る。そういう日はよく朝食を食べそこない、時には昼食も逃した。

そんなある朝、キャビンに戻る最中、ナターシャがトレヴァーの部屋からスニーカーを手に持って出てくるのを見たことがあった。そのときルビーは、このあいだナターシャがいきなりレクリエーション室から出ていったのはケヴィン・コスナーに対してではなくトレヴァーに関する意思表示だったことを悟ったのだった。ルビーはまた、マリーアが初めて自分の仕事を説明し、熱水噴出孔の周りに棲む「極限環境微生物」の話をしたときトレヴァーが「僕は自分を極限環境微生物だと思ってる。今を楽しめ《カルペ・ディエム》、だよね？」と言ったことも考えた。呆れ返ったマリーアの表情が、レクリエーション室でのナターシャの反応と——そして、トレヴァーが口を開くたびにルビー自身が感じるようになってきている不快感とも——相通じることをルビーは悟った。

　展望窓の前に陣取って過ごす夜は、眠りも途切れとぎれだった。カウチが快適でなくはないのだが、部屋はだだっ広いし、窓もあるしで、人前で寝ているみたいなのだ。意識から出たり入ったりしては、何か巨大なものが、あるいは巨大なものの端っこが——生物が潜水艦のスポットライトの圏外に出ていくところだ——目に入ってくる。朝になってやっと起きると、どれが夢でどれが夢でなかったか決めるのに苦労した。窓のてっぺんから垂れている、チュールのような鰭をはためかせた、見える部分から判断して全長は電信柱くらいありそうに思えるリュウグウノツカイの平たい長い端。精嚢《せいのう》のみに萎縮した、自分よりずっと大きな雌にくっついた雄のアンコウ。絶壁にしがみついたり、岩棚に落着いた鯨骨《げいこつ》生物群集やその他の生物の死骸の上を這ったりしているクモガニやスケボー大の等脚類。

　等脚類とは要するに巨大なダンゴムシみたいなものだとナターシャは言った。「深いところに来ると何でも大きくなるのよ。深海巨大症《アビサル・ジャイギャンティズム》っていうの。寒いからか、食べ物が足りないからか。成熟に達するのに時間がかかるから、ひたすら大きくなり続けるのよ」

　ルビーはナターシャと一緒にカウチに座っていた。鯨の死骸が視界内まで沈んできて、目下潜水艦と同じ速さで動いていた。くねくね動くメクラウナギが表面を覆い、鯨の腹や頭を齧《かじ》って開《あ》けた穴から勢いよく出たり入ったりしていた。潜行が始まって二週間以上経ったいま、さまざまな状態にある死骸が展望窓の前をひっそり落ちていくのを彼女たちは目にしていた。死骸にはそれぞれ、その変容を手伝うことを選んだユニークな生物たちが貼りついている。深度も増したいま、視界に入ってくる

ころにはたいていあらかた食い尽くされていたが、いま目の前にある死骸は比較的無傷だった。

「あんたもあいつと寝てるのね？」ナターシャが言った。

「何回か」。マリーアもそうだと思う、と言うべきかルビーは迷ったが、と、ナターシャが両手で顔を覆っているのを見て驚いてしまった。「ねえ、ちょっと」ルビーは言ってみた。

「わからない、どうしてそんなこと気になるのか」ナターシャは両の手のひらに向かって言った。

「あたしは人と張りあってしまうのかもしれない。それとも馬鹿なのか」。指先で両目をごしごしこする。「じゃなきゃ気持ちが深海巨大症になってるのか」。ナターシャは両手を下ろして何度もまばたきし、それから鯨を指さした。もうすでに、こっち側の脇腹は大半が食べられてしまっている。「まだ腐敗が進んでる最中に、骨が鯨の底から落ちて、脂肪層が放出されることがある。何トンもの脂肪が」。骨が沈んでいく一方、脂肪は水面まで浮かび上がって時に海岸まで流れつき、見つけた人間をゾッとさせるのだとナターシャは講釈した。皮と脂の塊が、腐敗によってその形をほどかれ、海流によって結び直され、鯨とは似ても似つかない何ものかに変容する。「海岸で何か発見されて、海の怪物だって騒いだりするでしょ？　あれ、ただの脂肪の塊なのよ。グロブスターっていうの」

「私、ときどき自分はグロブスターだって気がする」ルビーは言った。すると彼女の望んだとおりナターシャは笑った。

　ナターシャはラボに去り、ルビーはあとに残った。大きな、ゆるやかに墜落していく鯨を見ながら、宇宙ステーションから切り離されて大いなる虚空を漂っている宇宙飛行士のことをルビーはいつしか考えていた。やがて鯨は潜水艦を追い越して展望窓の底より下に降りていき、ルビーはふたたび一人だけになった。

「ラペル・デュ・ヴィド」トレヴァーが言った。ルビーは飛び上がった。いつの間にか彼女のうしろから寄ってきて展望窓まで来て、目下一緒に闇を見下ろしている。

「え？」

「高いところにいて、飛び降りたくなる気持ちのこと」

その気持ちはルビーも知っている。高いバルコニー、子供のころ行ったフーヴァー・ダム、めまい。飛び降りたらどうなる？　まさに思ったとおりかもしれない。それとも何か違ったものか。知る方法はひとつしかない。

けれども、目下トレヴァーとの共通基盤を見出すことにさして興味はないので、にべもない声で

「自殺とか？」と言った。

「いいや」トレヴァーは言った。「好奇心とか」

もうめったに魚は見なくなっていた。ここで見る有機体は、何やら白いくたびれたたぐいのものが多かったが、時おり、陸上の自然ではルビーが見た覚えのない奇妙な濃い赤だったりもした。いま見ている生命を動物と認めるのは困難だった。たとえばテズルモズルは植物に見えた。たいていは何十本も指がある握りこぶしみたいに丸まっていて、長い、シダのような腕が広がって食べ物を捕まえ、また元に戻って固まる。

絶壁からは岩の煙突が外や上に突き出し、数階建てのビルくらい高いものもあった。熱い気体の大きな白いふわふわがてっぺんから吹き出し、水にさざ波が立って、熱のせいでガラスのように見えた。時には大きな岩棚の上一帯に煙突が並び、ところどころで集まって塔を成し、ほかの煙突たちを見下ろしていた。これらには「ロキの城」「失われた都市」といった名があるのだとマリーアは言った。

「こういう孔《あな》に棲んでる有機体の中には、まさにその孔にしか生息していないのもいる」マリーアは言った。「世界中、この惑星中で、その孔にしかいないのよ。だから、そういう孔がひとつ休止状態に入ると、ひとつの種が丸ごと失われたかもしれない」

ある日昼食の席で、サリーハの鼠たちが死んだことをルビーは知った。ナターシャとマリーアはこの知らせに動揺しているようだったが、サリーハは物思いに沈み、静かだった。

トレヴァーが言った。「あのさあ、乗組員が来て鼠たちを殺したとしても、僕らにはわからないよね。これだけいつも鶏肉出てくるわけだけど……」

「笑えないわよ」ナターシャが言った。

サリーハが辛抱強い口調で「死体は全部確認した」と言った。

「確かなの?」

「私が解剖して焼却した」

「わぉ」トレヴァーが言った。

「トレヴァーに賛成するわけじゃないけど」マリーアが言った。「でも一理あるわよね。あたしたちこの潜水艦の中で、ほかから完全に隔離されてる。陸上で舞台裏がどうなってるかもあたしたちには見えない。そういうこと、このあいだ考えてたのよ。あたし、たぶん七つくらいだったと思うんだけど、スーパーの牛乳売り場でケースから牛乳を一本取ったら、いきなりケースの中から手が出てきて、並んでる牛乳を整列しはじめたわけ。うしろに何かがいるなんて、考えたこともなかった。すごく怖かった」

「何しろさ」トレヴァーはなおも言った。「乗組員たちがあっさり消えたって、僕らには知りようもない」

「やめなさいよ、そんなハロウィーンの馬鹿話」ナターシャが言った。『さまよえるオランダ船』じゃあるまいし――」

「七つの海を永遠《とわ》に彷徨《さまよ》う運命《さだめ》……」トレヴァーが吟じた。

「何か知ってるんだったら言いなさいよ。知らないんだったら黙っててよ」

トレヴァーはほかの三人の方を向いた。「この人聴いてくれないから君たちに言う。緊急事態訓練で用紙にサインしただろ、あのとき気味悪い感じがしたんだよ――魂を譲り渡してるみたいな」

ナターシャが絶望したように「ああ、やれやれ」と言った。

サリーハが割って入った。「あのさ、鼠って死ぬのよ。カルテック〔カリフォルニア工科大〕にいたときにね、コントロールグループもテストグループも一気に――おしまい」。しばし間を置いてから、「恐怖周波数って聞いたことある?」と言った。

マリーアが「八〇年代に偶然発見されたやつでしょ」と言った。

「そう、それ。人を怖がらせる音色。そばに何かいるぞって脳に伝えるのよ。周りに何かの動きが見えたりもする。音が止《や》んだとたん、怖い気持ちもなくなる」

「わかった、それかもね」ナターシャが言った。「エンジンがその周波数で鳴ってて、中にはトレヴァーみたいに、それにとりわけ敏感な人間がいたり」

サリーハが言った。「どう思う、ルビー? あたしたち、乗組員全然見てない。もういまごろ、深海の底にたどり着いていいはずよ」

ルビーは「待って――いつ底に着くことになってたんだっけ?」と言った。

マリーアが言った。「そこはすごく幅を持たせてたわね、あたしが見たスケジュールでは。海底のことって、月より知られてないのよ。それぞれの無光ゾーンに一週間ずつ費やすことになってて、で、それはもうやったけど、深海に来てからもう二週間になる。かりに垂直じゃなく水平に動いてた時間の方が多かったとしても……」。ほかの女二人をマリーアが考え深げに見た。ナターシャは首を横に振り、サリーハは肩をすくめた。「どれくらいかかるはずか、計算してみたけど、あたしたちが割り出した数字はそれぞれ違ってた」

「ものすごく違ってたの？」トレヴァーが訊いた。

「とにかく十分《じゅうぶん》以上の時間が過ぎたことは確かなくらい近かった」

サリーハがルビーの方に向き直っていた。「あなた何か、説ある？」

ルビーは過去の記憶をさかのぼって、高校のときのボーイフレンドが言っていたことにたどり着いた。「もしかして」彼女は言った。「ええと――もしかしてあの、地球に衝突した惑星みたいとか？月を作ったっていう惑星」

みんな彼女を見ていた。マリーアは眉間に皺を寄せていた。「テイアーのこと？　あれはただの仮説よ」と彼女は言った。

「でもいまは地球の内部なんじゃないの？　洞穴の中に降りていったら、いつかは内部に行きつくんじゃないの？」

「いいですか皆さん、空洞地球説はホブルスカート〔一九一〇年代前半に流行した裾をすぼめたスカート〕と同時期に廃《すた》れたんですよ」ナターシャが言った。

その晩あとになって、トレヴァーがルビーに、「サリーハは僕らを研究するためにここにいるんだと思う？　いつだってあなたの説は？　貴方の考えは？　どう思う？　じゃないか」と言った。

「え？　何でそんなことを？」。落着かないのでトレヴァーのキャビンに来たルビーだったが、いまはここから出たくて仕方なくなった。トレヴァーが話をしたがっているとわかって、ますますそう思った。

「わからない」トレヴァーはゆっくり言った。「そのあたりはまだ考えてる最中なんだ」

「あなたがメンバー選んだんでしょ」ルビーは言った。「サリーハは何をさせるために雇ったの？」

「海修道士の観察。彼らはどこまで人間なのか？　人間の行動の専門家を入れるよう指示されたんだ、魚とかの専門家じゃなく。どんな報告書でも人間的な要素を強調したがるのさ。海修道士を教会に組み入れることには反対意見もあるって言われたよ、特にアメリカでは。アメリカのカトリックは保守的で悪名高いからね。かつては犬の頭をした聖人もいたと思うけど、聖人の地位から下ろされた」

「あの人、鼠の研究してるんだと思ってたけど」

「海修道士が見つかったら報告を書くのが義務で、鼠は自分の研究テーマ。こいつどうなのかなって考えはじめると、鼠も単なる隠れ蓑じゃないかっていう気がしてきたんだ。だからさ、表向きこれをやってますってことで、僕たちの目を真実からそらす――実は僕たちこそラボの鼠だっていう真実から。でもいまは、鼠も欠かせない要素だと思うようになった。きっと僕らの反応を見るために殺したんだよ。まだ底に着いてない、とか言い出したのも同じさ。ネジをギリギリ締めてるんだ」

トレヴァーの論の核にあるのは、サリーハが彼と寝ようとしないという事実だった。「やりたくないっていうんじゃない。やりたくてもやれないんだ。倫理にもとるからって」

「潜水艦の中で人を罠にかけるのは倫理にもとらないの？」

「アルバート坊やの話もまさにそこさ。あれ、疚《やま》しい思いをしてるってことを僕らに伝えようとしてたんだよ」

もうたくさんだと思った。「サリーハのことなんかどうでもいい。あなたこそインチキな人間だと思う」ルビーは言った。

トレヴァーは驚いた顔をした。「このへん、ずいぶん否定的なエネルギーが漂ってるんだな」と彼は言い、二人のあいだの空気を身振りで指した。

「あなたに探検を指揮させようと思う人間なんていない」ルビーは言った。「あなた専門家みたいなふりしてるけど、あなたが言った海修道士の話、みんなウィキペディアに載ってるじゃない。あなた、私と同じくらい無知じゃない！」

トレヴァーは腕組みをして、一方の肩を二段ベッドの上段に寄りかからせた。「君知ってるのか、あの三人、君のことをバチカンの回し者だって言ってるんだぜ、スパイだと思ってるんだぜ」。そう言われてルビーは一瞬固まった。

「そんなの違うわ」彼女は言った。

「僕はわかってる」

「あの人たち何でそんなこと言うのよ？　私、プロ＝チョイス〔妊娠中絶合法化支持〕なのよ」

「これは僕の推測だけど、君、あの三人が『ニューヨーク・タイムズ』に送った公開書簡覚えてる？　あれは幹細胞研究の話だった。あいつらパラノイアなんだよ。自分たちがバチカンのブラックリストに載ってて、君は自分たちの研究を見張るため、あわよくば妨害するためにここにいると思ってるのさ。ひょっとして鼠も君が殺したと思ってるかもしれない」

「私、ラボに入ったこともないのよ！」

「だから、推測だって言っただろ。みんな高学歴で、すごく専門的なことやってるけど、現実世界のことはなぁんにも知らないんだ。まさしく象牙の塔。人間が本当にただの受付係だってことが信じられないんだ。自分たち以外はみんな、ただ頭を低くしてこつこつ歩んでるだけだってことがわからない……」

ルビーはこの言葉に憤った。まあたしかに自分は、同領域専門家評価《ピア・レビュー》とは何なのかいまひとつわかってないかもしれないし、ＤＯＩ〔デジタルオブジェクト識別子〕がもともと人種差別的な分類法をさらに強化しているかどうか（その日昼食、夕食の場でずっと続いた議論）についても意見を持ってないけれど、それでも間違いなく、トレヴァーとよりはあの三人との共通点の方が多いはずだ。「そもそもバチカンにスパイなんていないわよ」と彼女は言った。

「よせやい、いるに決まってるだろ。僕は君がスパイだとは思わないと言っただけさ」。そしてトレヴァーは慣れなれしく「君、まるっきり混乱してるな」と言った。

「これって分裂させて操作するってやつでしょ。汚い手よ。あなた、私の気をそらそうとしてるのよ」ルビーは言った。「私はあなたの話してるのよ」

トレヴァーが突然、「そのとおりだ。僕は君を欺いた。君たちみんなを欺いた」と言った。ルビーの両手を握って、すごい早口で喋り出した。「履歴書にさ、大卒って書いてあるんだ。でも嘘だ。卒業なんかしてない。三年目で学費が払えなくなったんだ。ああ、口に出してすっきりした！　君、バラしたりしないよね？」――そうして彼はゲラゲラ笑い出した。

翌日、昼食の代わりにテーブルには朝食の食べ残しがそのまま置いてあった。トレヴァーもまだそこにいて、朝と同じ椅子に座り、すっかりぼうっとしていた。揺り起こすと、朝食時間からずっと、厨房の従業員の姿を見ようと待っていたのだという。まずはメニューの話をしたかった。どんどんバラエティがなくなってきて、いまではもう、鶏の胸肉のマッシュルーム・クリームソースがけ、ワイルドライス、サイドサラダとイタリアンドレッシング、ロールパンが一日三回出るようになっている。それに、ドレッシングはかけずに横に置いてほしい。たしかにルビーも、これがランチのチキンなのかディナーのチキンなのかしばし考えないといけないことが多かった。朝食はもう少し区別しやすい――コーヒーはまだあったから。もっとも、クリームはもうずっと前に、ボウルに盛ったコーヒーメイトに替えられていた。

マリーアが「何でまだ朝の残りがあるの？」と言った。

「誰も来なかった」トレヴァーが言った。

「あんたがここにいたからよ！」ナターシャが言った。

「だから、そういうことさ」トレヴァーは言った。「何で僕らが出ていくのを待つんだ？」

彼女たちは席についた。切れぎれの会話があったが、なんとなく、昼食が届いたときあまり会話に熱中していたくなかった。だが昼食はいつまで経っても来なかった。

六時になって、また行ってみるとトレヴァーが同じ椅子に座っていて、同じ食べ残しの皿が目の前に並んでいた。トレヴァーは腕を組んで首を前に倒して眠っていた。

「見張りをつけるべきだと思うんだ」起こされるとトレヴァーは言った。「僕たち何人いるんだ、四人か？　じゃあ一人六時間？」

「違う」ナターシャが苛々した様子で言った。「五人いるわよ」

トレヴァーは彼女たちの向こうをぼんやり、眉をひそめて見ていた。「でもやっぱり、やってみるべきだと思うんだ」と彼は言った。それから肩をすくめ、目の前のカップを手に取って、溶けた氷を飲んで、立った。トレヴァーが出ていってから三十分くらいして、ほかの四人も一緒に出ていった。明日は朝食のあとトレヴァーをここに留まらせないということで合意していた。

翌朝、テーブルには食事が出されていた。すべては許されたのか、鶏の胸肉はいつもほどパサパサでなく、ロメインレタスがこんなに冷えてしゃきっとしているのも久しぶりだった。食べ終えると全員、トレヴァーも含めて、ただちにダイニングルームを去った。

食事時の厄介事は幸いその後なかったが、二日後マリーアが見るからに動揺してレクリエーション室に入ってきた。「いま、船長と話したの」

「船長を見たの？」ナターシャが訊いた。まだ誰も船長を見ていなかった。

「ううん」マリーアは言った。「ジムのそばのインターコムで話したのよ。白いボタンを押せばいいの。トレヴァーに教わった」

サリーハが「トレヴァーが知ってたの？　どうやって知ったのかしら」と言った。

「あの人いかにも、何も考えずにボタン押しそうじゃない。ボタン押さずにいられない感じじゃない」ナターシャが言った。「小さな子供みたいに」

みんなで廊下を歩いていって、インターコムの周りに群がった。

「で、誰と話したんだって？」ナターシャが言った。

「船長」マリーアが言った。そこでひと呼吸置いた。「船長だって自分で言ってた」

「何ていう名前？」ルビーが訊いた。

マリーアがルビーの方を向いた。「あんたたち、信じてないのね」

「信じてるわよ」サリーハが言った。片手をマリーアの腕に添えた。

マリーアが言った。「呼んだのはね、いまこの潜水艦、見たこともないくらい大きな熱水地域の中を通っているからよ。信じられないくらい活発で。生命がうようよしていて。船を停めてカメラを送り出したかったのよ。そしたら、停まれないって」

「それどういう意味よ？」ナターシャがきつい声で訊いた。手をのばしてボタンを押し、「もしもし」と箱に向かってぶっきらぼうに言った。

「さっきは出てくるまでけっこう待ったわ」マリーアが言った。

トレヴァーがいつの間にかワークアウト室から出てきていた。彼がワークアウト室にいることに誰も気づいていなかった。シャツを着ていなくて、小さなタオルを持っていた。ルビーはいままで認識していなかったが、その体は切れ目なく日焼けしていて、そのせいで、つい最近この潜水艦チームに加わったばかりみたいに見えた。

「あんた、ワークアウトしないいんじゃなかったの」ナターシャが言った。

「とにかく暇をつぶさないとね」トレヴァーは言った。「君たちご婦人方の気を惹きたいし」。これに誰も反応しないと、「何があったんだい？」と彼は訊いた。

「ヘイ、ヘイ」ナターシャが箱に向かって言っていた。「もしもし？」

トレヴァーが「それ、けっこう時間かかるよ。それに、いつも出てくるとは限らない」と言った。

「あんた、奴らに何言うの？」ナターシャが彼に訊いた。「出たら何言うのよ？」

トレヴァーが手をのばしてナターシャの指をそっとボタンから外した。「ずっと押してたら、向こうが答えたときに聞こえない」。ナターシャがさっと手を引っ込めた。「知ってるわよ」と吐き捨てるように言った。

トレヴァーがため息をついた。「何も言わないよ。キャビンの流しの上の電球を取り替えてくれって七回頼んだだけ。インターコムの使用は緊急時に限ってくださいって言われる」

「これは緊急時よ。マリーアが仕事できないんだもの。あたしたちみんな契約を交わしていて、一定の量と内容の資料を提出することになってるのよ」

「知ってるよ。僕が全部承認したんだよ、覚えてる？」

「じゃあいまはどうするのよ？　あんたがチームリーダーなのよ」

トレヴァーは一拍置いて、考え込むようなそぶりを見せた。それからナターシャに言った。「海の温度を変えてしまうとマリンスノーの構成に影響が及んで、現存する食物連鎖と生命を破壊してしまうって心配してるのは君だよね？」

「すでに起きてるから心配してるのよ」ナターシャは言った。

「それに君、水中のマイクロプラスチックのデータも採ってなかったっけ、マイクロビーズとか何とか？」

「そうよ、知ってるのに何で訊くのよ」

「うん、それじゃ、マリーアが仕事できないことを喜ぶといい。マリーアはシェルに雇われてるんだぜ。彼女がベネズエラで何してると思う？　熱水噴出孔は鉱物が豊富なことで有名なんだよ」

「黙ってて言ったのに――」マリーアが怒って喋り出した。

「ベッドの睦言《むつごと》さ」トレヴァーは言い捨て、廊下を歩いていった。

「ベッドの睦言？」サリーハがマリーアに訊くと、「あたしのこと怒ってるのよ」とマリーアが言った。

「ばっかばかしい」ナターシャが言った。

このタイミングで、鼠を殺したとトレヴァーに責められた、と明かしてもいいかとルビーは思ったが、トレヴァーの言うことを真に受けるような人間だと三人に思われるのは嫌だった。

サリーハが今度はルビーに「あんたもじゃないでしょうね？」と訊いた。

ルビーは「何回か。最近はもうしてない」と言った。

「あんな奴につけ込まれちゃ駄目よ」ナターシャが言った。

「撥《は》ねつけたの、あたしだけ？」サリーハが叫んだ。

海溝《トレンチーズ》

ルビーは展望窓の前で眠ってしまっていた。目が覚めると、体を回して脇腹を下にし、霞んだ目で窓の外を見て、目やにがくっついた感じを取り除こうとパチパチまばたきをした。外では照明がちょうど、絶壁をふさふさと覆っているチューブワームの大きなかたまりを照らし出したところだった。それを見てルビーは繊毛を思い浮かべた。この潜水艦が、ずっと前に高校の理科の教科書で見た臓器の巨大バージョンの中のような気がした。

みんなからスパイだと思われて、ルビーはちょっと得意でもあった。レクリエーション室にはジェームズ・ボンドの豪華ＶＨＳセットがあって、ピアース・ブロスナンがボンドになる手前で終わっていた。スパイは仮面が剝がれたらどうするだろう？　ほかの女たちの「ルビー＝スパイ説」を彼女が認識していると知っているのはトレヴァーだけだから、トレヴァーを始末する必要があるだろう。全体にとっても有益だ。あの男は不和の種を蒔《ま》いて彼女たちを仲違《たが》いさせようとしているのだから。たとえ嫌な仕事であっても、より大きな善のために行動すべきことをスパイは知っている。スパイだったら廊下でトレヴァーを待ち伏せるだろう。両手両足を壁に押しつけて天井近くに貼りつき、飛び降りて彼を始末し、気密室から外へ押し出して証拠を処分する。トレヴァーは海への捧げ物となるのだ。上へ上へと運ばれていく彼の身に暖流の巻き毛が絡みつき、無事水面へ届けられるまで深海の水の冷たさから彼を護ろうとするさまをルビーは思い浮かべた。あるいは骨が抜け落ちて、海岸で人々をゾッとさせる運命なのか。彼の体にコロニーを作る生態系をルビーは思い浮かべた。鯨骨生物群集と同じく、トレヴァーは分解生物にとって丸ごと一個の惑星となるだろう。生物たちはトレヴァーを貪り食い、トレヴァーは生物たちに命を与える。

航海に乗り出して初めて、後援者の姿を消した夫と息子たちのことをルビーは考えた。もしかりに、深海の底まで墜落していった彼らを受け入れる生物も無生物もいなかったとしても、とにかくそれぞれが一個の惑星になった、命の源になったと知ったら後援者も少しは慰められるだろうか。自分自身、この考え方を慈しめるだろうか――もしある日、燃えさかるビルから飛び降りる人のように、自分たちもこの潜水艦を出て新しい何かになろうと決めたら。

ルビーは起き上がった。窓の外に何かがいた。どうやらそれはしばらく前から、身振りで彼女の注意を惹こうとしていたらしい。ルビーは窓に飛んでいった。

絶壁の薄闇の中から、海修道士が出てくる最中だった。二つの大きな黒い目、優しげな丸い目、人間のものではない目が見えたように思えたが確信はなかった。海修道士はひとつの鰭をかざして潜水艦のスポットライトから顔を護っていたからである。ルビーが呆然と見守るなか、スポットライトはその鰭のちらちら光る筋模様を照らし出し、鰭はスポットライトの光を青と緑にまぶしく照り返してルビーの目を眩ませた。ルビーは目をこすり、燃えるような残像の向こうを見通そうと努めた。海修道士は家一軒分の背丈があった。バチカンはまるっきり間違えていた！　教会が用意した大勅書は人間の大きさを考えて作られたのであり、この深海巨大生物にとってはミニチュアサイズでしかないだろう。紙マッチの細かい活字を読もうとするみたいなものだ。

ルビーは顔を窓に押しつけた。海修道士は大きな透明の鰭を振って、ゆっくりと優雅な、すべてを受け入れるような歓迎の動作でもって招いていた。潜水艦丸ごとだって、その鱗のついた、キラキラ光る胸に抱き寄せてくれそうだった。ルビーがプレキシグラスを思いきり叩き、誰か来て、何とかして、船長を呼んで、と叫ぶなか、潜水艦はなおも下降を続けていた。

郵　便　は　が　き

おそれいりますが切手をおはりください。

101-0052

東京都千代田区神田小川町3-24

白　水　社　行

購読申込書

■ご注文の書籍はご指定の書店にお届けします。なお，直送をご希望の場合は冊数に関係なく送料300円をご負担願います。

書　　名	本体価格	部　数

★価格は税抜きです

(ふりがな)

お　名　前　　　　　　　　　　(Tel.　　　　　　　　)

ご　住　所　(〒　　　　　　)

ご指定書店名（必ずご記入ください）	取次	（この欄は小社で記入いたします）
Tel.		

『中国・アメリカ　謎SF』について　(9799)

■その他小社出版物についてのご意見・ご感想もお書きください。

■あなたのコメントを広告やホームページ等で紹介してもよろしいですか？

1. はい（お名前は掲載しません。紹介させていただいた方には粗品を進呈します）　2. いいえ

ご住所	〒　電話（　　　）		
（ふりがな） お名前	（　　歳） 1. 男　2. 女		
ご職業または 学校名		お求めの 書店名	

■この本を何でお知りになりましたか？

1. 新聞広告（朝日・毎日・読売・日経・他〈　　　〉）
2. 雑誌広告（雑誌名　　　）
3. 書評（新聞または雑誌名　　　）　4.《白水社の本棚》を見て
5. 店頭で見て　6. 白水社のホームページを見て　7. その他（　　　）

■お買い求めの動機は？

1. 著者・翻訳者に関心があるので　2. タイトルに引かれて　3. 帯の文章を読んで
4. 広告を見て　5. 装丁が良かったので　6. その他（　　　）

■出版案内ご入用の方はご希望のものに印をおつけください。

1. 白水社ブックカタログ　2. 新書カタログ　3. 辞典・語学書カタログ
4. パブリッシャーズ・レビュー《白水社の本棚》（新刊案内／1・4・7・10月刊）

※ご記入いただいた個人情報は、ご希望のあった目録などの送付、また今後の本作りの参考にさせていただく以外の目的で使用することはありません。なお書店を指定して書籍を注文された場合は、お名前・ご住所・お電話番号をご指定書店に連絡させていただきます。

改良人類

王《ワン・》諾《ヌオ》諾《ヌオ》

小島敬太 訳

王諾諾《ワン・ヌオヌオ》は一九九一年生まれ。二歳のときに安徽《あんき》省から広東省・深圳《しんせん》に移住。ブリティッシュコロンビア大学で経済学を学んだ後、ケンブリッジ大学で環境経済学修士号を取得した。一八年「冷湖の夜」で第一回冷湖科幻文学賞一等を受賞、同年の第二九回銀河賞で最優秀新人賞を受賞し、一躍注目作家の一人となった。本作は『科幻世界』二〇一七年三月号で発表され、一九年に刊行された初の著書『地球無応答（地球応答なし）』の巻頭を飾る。

王諾諾の作品の多くは、ビッグデータや遺伝子工学などを駆使し、合理化・画一化が進む社会の行き着く先を描いている。インタビューによれば、急速な発展を遂げ、世界有数のハイテク都市になった深圳という街が、創作へ駆り立てる大きな源泉となっているようだ。また、「心配なのは、ロボットが人間を征服するような未来予測ではなく、技術や情報が人間の存在意義を失わせる未来の方です」とも語っている。自らのアイデンティティを模索し、もがき続ける主人公たちは、現代中国の若者たちの写し鏡であるといえるかもしれない。

「どのぐらい寝てたんだい？」

「六一七年と三か月になります」

「は？　六〇〇年？　なんで起こしてくれなかったんだよ！」

起き上がろうとしたが、ついさっき目覚めたばかりの体には思うように力が入らない。

「ご病気でしたので。あなたはＡＬＳ（筋萎縮性側索硬化症）を患っていらっしゃいました。昨年になって、ようやく特効性のある治療法が開発され、あなたはその臨床試験の第一例目となる回復者なのです」

「家族はどうなった？」

「お父様は二一一三年にお亡くなりになりました。一一八歳でした。お母様のほうは長生きされまして、二一三〇年に一三四歳でお亡くなりになられています。どちらも老衰により、天寿を全うされました。そして、双子の弟さんですが、あなたが冬眠した後、あなたの病気を治すために努力を重ねて科学者になりました。より良い環境で病気を研究するために、三度も冬眠をされ、二六二〇年にこの世を去られております。あなたと血縁関係のある三世代、どなたもこの世にはいらっしゃいません。現在、あなたはただ一人、天涯孤独でございます！」

ナースは軽やかな口調で言った。

その奇妙な服装のことはひとまず置いておくとして、彼女が美人であることは間違いなかった。小麦色の肌、ダークブラウンの瞳、一見しただけでは彼女の人種はわからない。その二つの明るい瞳は、はつらつとした瑞々しさをたたえていて、それを見ると、どうやら彼女のこの軽やかさというか能天気さには決して悪気はないように思われた。

「つまり誰も残ってないってこと？」

俺は絶望的な気持ちになった。

「一人も残っていらっしゃいませんよ！」

ナースは業務用の微笑を浮かべた。六本の歯が白くまぶしく光る。

「でもご安心くださいませ。あなたのお父様お母様は財産を残されています。その財産は信託会社に長年管理されて、利息が大幅に増えております。一生の間、あなたが衣食住に困ることはないでしょう。しかも、こんな素晴らしい時代に目覚めるなんて、喜ばない方がおかし……」

「もう黙っててくれよ。こんなクソみたいな時代のどこが素晴らしいんだ。あんたと違って俺には身内もいないいんだぞ!!」

ナイフでグサグサと突き刺すような能天気なナースの物言いに、我慢の限界がきたのだ。

怒鳴られた彼女は潤んだ瞳を見開いて、オロオロと立ち尽くしている。

そのとき、部屋の中へ誰かが歩いてきた。女性だった。肌の色は健康的で、スリムな体型、彫りの深い顔つきをしている。よくよく見ると、この女性とナースはどことなく似ているところがあり、それが俺には少し意外な感じがした。

「劉海南《リウ・ハイナン》さん、あなたはとても長い間眠っていたのです。少し情報を更新する必要がございますわ」

思わず引き込まれてしまいそうな魅力に溢れた美しい声だった。

「私は梨子《リーヅ》と申します。〈人類改良プロジェクト〉の技術責任者です。目が覚めた後のあなたのサポートをさせていただきます」

手足にじわじわと力が戻ってくるのを感じながら、俺は身を起こし、彼女と握手をした。すらりとしたその手はすべすべとしていた。気品があって、容姿も抜群、さらには手までも美しい、こんな女性に欠点などあるのだろうか。そんなことを思わずにいられなかった。

「何のプロジェクトだって？」

「人類改良プロジェクトです」

彼女はそう繰り返すと、話し始めた。

「あなたの弟様、劉辰北《リウ・チェンベイ》教授もこのプロジェクトに取り組んでいました。目覚めた後のあなたの体は特殊な状態ですので、私たちが栄養面をサポートする必要がございます。プロジェクトの研究基地がありますので、そちらまでお連れいたしたく、詳細はその道すがらお伝えさせていただければと」

「あんた……まさか俺を騙そうとしてないよな？」

言ってから、今のがまったく間抜けな発言であることに気づく。ナースと梨子《リーヅ》が笑い出した。二人はえくぼの形までそっくりだ。

「劉海南《リウ・ハイナン》さん、本当にお金を騙し取りたかったら、こんなふうにわざわざあなたを起こしたりするわけないでしょ」

＊

梨子《リーヅ》に案内されるまま、密閉型の飛行用マシンに乗せられた俺は今、六〇〇年後の世界を注意深く眺めていた。

街の形状はもう平坦と呼べるものではなかった。高層ビルが雲の上までそびえ立ち、その頂上同士が廊下橋で結ばれ、上空に格子状の模様を形成していた。ジャングルのように立ち並ぶビルとビルの間を、飛行マシンたちが決まった軌道に沿って絶え間なく移動している。一番に嬉しく感じたのは、科学技術が発展したからといって自然環境が破壊されたわけではないということだった。張り巡らされた格子の外には青い空が覗き、街のあらゆる場所で樹木たちが成長している。空の廊下を行きかう人々は、男性も女性もすべての人間の顔が美しく整っていて、そこにいる全員が親戚か何かのように見えた。

景色を前に、いくらか気持ちも落ち着いていく。感嘆の声が自然とこぼれる。

「見た感じ、世界はいい方向に発展したみたいだね」

「そう見えるだけですよ」

梨子《リーツ》がそう言って、俺の言葉を遮った。

「私たちの世界はまさに今、崩壊の瀬戸際に立たされているんです」

話しながら、彼女は俺のそばに座って、血圧と心拍数を測ってくれている。密閉型の飛行マシンには運転手は要らないらしい。

「何言ってんのさ、さっきのナースだって、今が一番いい時代ってはっきり言ってたじゃないか」

俺の言葉に、彼女は手を止めた。丸くて大きなその瞳に、ひどく困惑した俺の顔が映り込んでいる。

「最高のものはいつでも最大のリスクを伴うものですわ。すべては人類改良プロジェクトによってもたらされました。これからあなたに天使の仮面をかぶった悪魔を紹介しましょう」

彼女は続けた。

「二十一世紀後半、新生児に占める試験管ベビーの割合が一〇〇パーセントに達しました。生物工学の技術の進歩とともに、ヒト細胞の胚の選別や改変にかかるコストも大幅に下がり、私たちは遺伝子

置換の方法を使って、九九パーセントの遺伝病を撲滅したのです」

「置換？　どうやって？」

「ロボットを使って、胚に優良な遺伝子を送り込むのです」

「すまん、もう少し詳しく話してもらっていいか。俺はあんたの時代にまだついていけてないんだ」

「もちろんです。あなたは六〇〇年以上も眠っていたんですもの。誰だって適応には時間がかかります。簡単に説明しますと、科学者たちはある発明に成功したんです。それは染色体内のＤＮＡをシーケンスする〔塩基配列を決定すること〕機能を持った生分解ナノロボットです。そのナノロボットが一旦、受精卵の中の染色体に接触すると、ＤＮＡシーケンスが開始され、病気を引き起こす原因となる遺伝子を健康な対立遺伝子に、いわゆる優性遺伝子と呼ばれるものに組み替えます。つまりゲノム編集をするのです。こうして編集されたゲノム情報は生殖によって後の世代に伝えられますが、胚の発育過程でナノロボットは分解されるため、胎児への副作用はありません。一つの世代の胚にこのナノロボットを送り込めば、その病気は永遠に消失するのです」

　梨子《リーヅ》教授は続けた。

「その後、遺伝暗号が完全に解読され、我々は遺伝子を置換して既知の遺伝病を一つ残らず倒していくことができました」

「多くの悲劇が起きるのを回避できたってわけだ」

「ええ」

　彼女は憂いのある表情を浮かべ、美しく整った眉をひそめた。

「人間たちもこの時点で満足できたならよかったのですが……」

「どういうことだ？」

「はい、どれも正常な数値ですよ。これで眠りから完全に目覚めましたね、おめでとうございます」

測定器を片づけて、梨子《リーツ》教授はゆっくりと話を続けた。

「人間の欲望に際限はありません。思いのままに遺伝子に手を加える技術を覚えてしまった人間たちが、健康を叶えるだけで満足できると思います？」

その言葉に俺はハッとした。ここにいる全員の顔がなぜ綺麗に整っているのか悟ったのだ。

「つまり……あんたたちは自分たちの目鼻立ちも遺伝子操作でいじっているということなのか」

彼女は苦笑した。

「そうね……顔だけじゃありません。容姿がよくなかったり、背が高くなかったり、太りやすかったり、頭が悪かったり、そばかす、ニキビ、産毛が多かったり、脚気だったり、劣っているとみなされた遺伝子のすべてが共通の優れた遺伝子に置き換えられていきました。わずか数十年の間で、ほとんどすべての性質に手を加えられ、最終的には性格や個性を決める遺伝子が改変されることで、人類は初めて根本から自分の性格を『コントロール』できるようになったのです」

「なんでわざわざ性格をコントロールするんだい」

「『人を変える』ことによって、『社会を変える』ことができるのです。粗暴な性格が原因で、世界は暴力に溢れます。生殖の欲望によって人間は不倫や重婚といった家庭の悲劇を起こします。その原因となる遺伝子を改良することで悲劇を減らすことができるのです。風刺小説の中の理想郷が理想のままで終わる理由は、建設者が人間自身の欲望を無視して、盲目的に技術と体制で社会を改造し、国を作ろうとするからです。そうでなく、その矛先を人間自身に向け、本能的な欲望を改造すれば、善良で温和な人々が重なり合わさって、理想の世界が自ずと時運に応じて現れるのです。私はこの点において、人類改良プロジェクトは計り知れない貢献をしたと考えています」

「そうか、ダーウィンの進化論に打ち勝ったというわけだ。人間は思いのままに人間を……デザインできる。人類をデザインすることで社会をデザインしていくということか」

「ええ、しかし私たちもそこまで全知全能なわけでもありません。人類のほぼすべての性質を改良した後で、ある問題が出てきました……ゲノム情報が極めて不安定になるのです。自然界と違い何千万年の進化と適応を経たわけではないため、改変されたＤＮＡが細胞分裂をする際、遺伝子の突然変異が起こる確率が大幅に上がったのです。改良される前に比べ、先天的に障害を持って生まれる人間の数がかえって増加したのです」

窓から外を見る。空の廊下を歩いているのはみな健康な人々だ。それを見て、俺は質問せずにはいられなかった。

「そういえば、障害がある人をまだ見ていないけど。もしかして彼らをどこかに集めて処分しているとか？」

彼女が吹き出し、その表情が崩れる。あまりに魅力的な笑顔だった。細めた瞳、緩んだ口もと、もし俺が眠りにつく前の、あの時代に彼女がいたら、きっとスターになっていたことだろう。

「私たちのことをそんなに残虐だと思われて？　私たちが工業社会を離れた後、すべての人間の生命を尊重することが、人類にとって最も基本的な共通認識となっているのです。ましてや殺処分は根本的な解決方法にはなりませんから。この突然変異の問題を解決するために、私たちは今も遺伝子改良の道の途上なのです。あなたが眠りについてから二五〇年後、私たちは一八番染色体内にＤＮＡの突然変異の速度をコントロールする塩基配列があることを突き止めました。その後、その配列に少し手を加えることで、ゲノム情報全体の安定性が大きく増しました。そしてまるで鍵をかけるように他の染色体の塩基配列に〈ロック〉をかけることができるようになりました。ナノロボットを使い、この〈遺伝子ロック〉を胚に送り込むことで、ランダムに現れる変異の問題は根絶されました」

そこで少し間を置くと、彼女は再び口を開いた。

「もちろん副作用もありました。ゲノム情報の構成が変わったために、新生児とその後の世代の遺伝子が、ナノロボットに反応しなくなるのです。よって以前のように遺伝子置換をすることがほとんど不可能になったのです」

「それが何か問題なのか？　あんたたちはすでに完璧じゃないか。知能も高い。外見もいい。性格も温和だし、これ以上何を改良する必要があるんだ。〈ロック〉さえ安定していればいいんだろ」

「当時、権力者たちもそう思っていました。そして科学者たちの必死の反対もむなしく、すべての胚に〈遺伝子ロック〉が埋め込まれました」

「それのどこが悪いのさ。みんなが共通して優良な性質を持って、先天性の障害もなくて、社会は調和がとれて発展していく。それを、どうして科学者が反対するんだい？」

＊

その質問に、梨子《リーツ》教授は直接答えなかった。俺たちを乗せた飛行マシンは高度を下げ、摩天楼が織りなす格子の中を垂直に降りていくと、地下にある施設に着陸した。重厚な鉛の門がゆっくりと開く。中に入るよう彼女に促され、足を踏み入れると、床が前方に向かって動いていることに気づいた。そして足を動かすこともなく、目的の場所に到着した。

「そのプロジェクトはこんな人知れない場所でやってるのか？」

「元々は私たちも地上の高層ビル内で研究をしていました。二十年前に、ある研究を開始することになって、高度の秘密を取り扱う必要が出てきたのです。このラボは大体その時から使われるようになりました」

「そんな極秘の研究所を、なぜ俺が見学できるんだ？」

彼女が振り向いた。

「……あなたの助けが必要なのです。劉海南《リウ・ハイナン》さん」

その瞳に偽りのない光が瞬いている。

「事実、あなたこそが人類を深淵から救い出せる希望なのです」

「やめろやめろ、何言ってるんだ」

俺は本当に飛び上がりそうなほどに驚いた。

「焦らなくても大丈夫です。私の言い方は少し大げさだったかもしれません。目を覚ましたばかりで、こんなに多くの情報を受け止める準備ができていないのも無理ありませんから」

動く床は角を曲がり制御室のような部屋に到着した。だが部屋の中にはスタッフはおらず、壁と天井のスクリーンに飛び出したデータパネルがチカチカと規則的な光を発しているだけだ。

「この部屋には私たちの中央計算機が装備されています。あなたが存在した年代の最も速いコンピュータよりも、さらに四〇億倍ものスピードで処理できます。これを使って私たちは、ウイルスと細菌の進化のシミュレーションをしているのです」

彼女はニヤリと笑うと、つけ加えた。

「もちろんここにあるスクリーンはこれだけ大きなものですから、スライドショーを映写しても素晴らしく効果的ですよ」

すると、四方の壁のスクリーンに表示された数字が消え、そこから光線が照射された。部屋の中央にホログラムが現れ、曖昧で混沌とした一つの影を映し出す。

「私たちは自分たちの手で病いを、醜さを、愚かさを克服しました。しかし、それがさらなる大きな危機を引き起こすとは思いもしませんでした……」

ホログラムは梨子《リーツ》教授の言葉の速さに合わせてゆっくりと変化し、混沌の中に少しずつ、どこかの集落とトウモロコシ畑、トーテムポール状のものが現れた……人家が密集し、炊事の煙がゆらゆらと立ち昇っている。十六世紀前半の、スペイン人にまだ手をつけられる以前のアメリカ原住民の居住地に自分もいる気分になる。

「元来、人間の遺伝子は多様性のあるものでした。ある遺伝子の特性がたとえ生存するのに不利だとしても、劣性遺伝子として遺伝情報の中に身を隠して引き継がれ、後の世代の人間の体に現れます。多様性は個体にとって必ずしも良いこととは言いきれませんが、人類という種全体にとっては非常にメリットのあることなのです」

ホログラムは変化し、ある喧騒の様子が映し出されていく。ヨーロッパ人たちが上陸したのだ。殺戮、奴隷たち、疫病と大火、平和な村が修羅場と化していった。

「ヨーロッパ人と原住民の遺伝子は異なるものでした。天然痘が流行したとき、ヨーロッパ人の致死率は一〇パーセントだったのに対し、原住民は九〇パーセントにのぼりました。たとえ抗体の影響を除外したとしても、天然痘は原住民に感染しやすいウイルスだったと言えます」

画面は原住民の村から山の洞窟に移った。その中には頭が小さく、醜い容貌の人間がいる。洞窟の外は猛烈な吹雪だった。人間たちは焚き火を囲み、寄り添いあってはいるが、絶えきれずブルブルと震えている。

「ネアンデルタール人です。私たちの祖先の現生人類と同じ起源を持っています。ただ現生人類より早くアフリカを出発していますが。彼らは身体と大脳が氷河期に適応できず淘汰されたと言われています。この点で、現生人類はネアンデルタール人より生存に関して有利だったのです。現生人類の遺伝子は環境にさらに適応し、寒さで淘汰されることなく、アウストラロピテクスの血を今に繋げることができたのでした」

ホログラムの中の焚き火が消え、画面が暗くなる。

「遺伝子の多様化は種が環境変化に直面したときの武器となります。どんなに大きな災難があり、一部は滅亡していくしかないとしても、他の一部は変化後の環境に適した遺伝子を持ち、生き残って繁殖し続けるのです。そして私たちは今、自らその武器を手放そうとしているのです」

「あんたはつまり、今の人間の遺伝子は、高度に画一化されたものだと言ってるんだな」

「そうです。私たちはたくさんの素晴らしい性質を胚の中に加えました。素晴らしい性質はいつでも画一的で、標準的なものなのです。現在、どこの大陸にいる人間も、その遺伝子はとても似ています。その類似度はあなたたちの時代より遥かに高く、かつ遺伝子が突然変異する可能性も失われています。指導者たちがこの問題の深刻さに気づくまでに三〇〇年以上もかかってしまいました。〈遺伝子ロック〉をかけられていない人間たちはすでに亡くなっています。実験室に保存された遺伝子の標本を除けば、私たちが取得できるまだ手を加えられていないもの、特に、多様な劣性遺伝子は極めて限られているのです」

「でもそれとどんな関係があるんだ。遺伝子の多様性がないからこそ、この社会はこんなに秩序だって見えるんだろう、ここのどこに災難があるっていうのさ」

部屋の中央にあるホログラムが再び光りだし、いくつかの不思議な形の物体が現れた。どれもサッカーボールほどの大きさで、平べったく丸いものもあれば、長く絨毛に覆われたものや、非常に単純な形のものもある。螺旋状のものだけが薄い膜に覆われていた。

「これはなんだ？」

「ウイルスが何種類か」

彼女は落ち着いた様子で言った。

「もちろん拡大したものですから実物大ではありません。私たちはすでにヒトの遺伝暗号を解読しており、ウイルスが人類に及ぼす状況をシミュレーションできていますが、これらのウイルスはとりわけ危険です。高度に画一化された遺伝子を持つ私たちは、三週間以内に九五パーセントが死滅してしまいます」

「なんだって?」

「ご安心を。このウイルスはコンピュータ上に現在あるデータから算出した変異バージョンで、現実の自然界には存在しないものですから」

彼女はそう言って、ホログラムの中に腕を伸ばすと、一つのウイルスからゲノム情報を取り出した。彼女はそれを引き伸ばして拡大し、ある比較図に加えると解説を始めた。

「これらの遺伝子は実際に存在するウイルスのものとかなり似ています」

比較図の中で、その悪魔のウイルスと一緒に並べられているのは、ありふれたインフルエンザウイルスだった。両者のゲノム情報には三、四箇所のごくわずかな違いがあるだけだ。

「万が一、テロ組織がウイルスのゲノムを編集する技術を手に入れたら、と思うと……想像を絶することです」

そういって梨子《リーツ》教授はホログラムを閉じた。床がまた動き始め、俺たちを乗せて制御室の外に出た。

「でも心配には及びません、現在の人間には平和を愛する性格がもともと備わっています、今言ったようなテロ組織が出てくることはありません。しかし、このような変異の可能性を持ったウイルスは何千何万に収まらないほどあって、ほとんどはまだ発見されていません。自然界にランダムに発生する突然変異だけでもいつか私たちを全員殺してしまうかもしれないのです」

床が動きを止めた。そこは冷凍倉庫のような場所だった。

「これはウイルスの保管庫です」

彼女は説明を始めた。

「防護服に着替えないと中には入れません。ここには人工的に変異させたいくつかの新種のウイルスが保管されています。拡散速度はさっきホログラムで見たものには及びませんが、三か月で九九パーセント以上の人類が死んでしまいます。コンピュータの計算によれば、人類の遺伝子に多様性がなく高度に似ている今の状況ですと、これから一〇〇年のうちに突然変異したウイルスによって滅ぼされてしまう確率は八〇パーセントです。実際、これまで遺伝子改良をしてきた三〇〇年の間、大規模な疫病が発生しなかったのはすでに一つの奇跡と言えます」

そう言うと、彼女はまた大きな目でこちらを見た。

「劉海南《リウ・ハイナン》さん、それでもあなたはこの時代を素晴らしい時代だと思いますか？」

冷凍倉庫の入口の巨大な赤い警告表示が視界に入る。そのとき突然ある考えがひらめいた。

「わかったぞ……俺の体には〈ロック〉されてない遺伝子があるんだ。それが君たちが俺を必要とする理由なんだ！」

彼女はうなずいた。

「そうです、劉海南《リウ・ハイナン》さん。商業用の冬眠技術は二〇三二年に成熟しました。あなたが二〇四五年に眠りに着いてから、遺伝子の改良が二〇五二年に正式に始まりました。あなたはちょうどすべての改良工程を逃れているのです。あなたと同じ時期に冬眠に入った八〇〇〇人余りの人々が人類を救う鍵なのです」

「八〇〇〇人ちょっとしかいないのか……」

「あなたたちを除いては、初期に一部分を改良した人間が冬眠しています。ですが彼らの遺伝子はすでに部分的に改変されているので、利用価値で言えばあなたたちには敵いません」

「そういうことだったのか……そりゃあ、人類を救うためのお役に立てるなら、なんだって協力したいけれど」

梨子《リーヅ》教授が顔にかかった髪をかき上げる。そのすぼめた唇は何か言いづらいことを言おうとしているように感じられた。

「人類の希望ある未来のために、二十年前、私たちは〈火種計画〉を開始しました。あなたたちの遺伝子は私たち人類の文明を繋ぎとめる火種なのです。ついては……私たちはあなたから幹細胞を少し取り出したいのです」

「ああ、いいよ。骨髄ドナーになるみたいなことだよな」

「ええ、まあ、若干違うところもありますが。これから断続的に誘導剤を注射する必要がありますので、まずは家に帰らずに、ここに滞在していただきたいのです。体を鍛錬し、栄養を強化するため、私たちはあなたに最高のナースサービスを提供します」

*

彼女は俺のために基地内の物静かな居住スペースを用意してくれた。それから数日の間、ナースにつき添われながら、この世界にいくらか慣れていった。俺は周りにいるこの時代の人々と同じように、血圧と体温を維持できるかわりに、見るに堪えないタイトスーツを着せられていた。バランスが整えられたペースト状の栄養食をとり、密閉型飛行マシンの運転教室の申し込みまでした。

梨子《リーツ》教授が言うように、この時代の社会は調和がとれていて、人々は幸福そうで、空気はきれいで、科学技術も発達している。放っておくと、このような錯覚とともに、この世界が危機に陥っていることをすぐに忘れてしまう。今も頭上から髪の毛一本で吊るされたダモクレスの剣が我々を狙っているのだ〔古代ギリシャの伝承による。つねに非常に高い危険が身に迫っている例え〕。しかし、これらすべての素晴らしいもののために、まさに俺は、人類の改良プロジェクトに協力する決意を固めたのだった。

長い眠りにつく前、俺はこんなことを考えていた。目覚めたら、どれほどの孤独が訪れるのだろう。そして、未来の社会でちゃんと適応していけるのだろうか、と。だけど、新たな人生を始めたその日に自分が救世主になるなんて想像もしていなかった。

六〇〇年余りの眠りから覚めた今、この孤独な世界で、もう一度自分の存在意義を見つけられるかもしれない……そう思うと救われるような気持ちになった。

*

そんな思いも長くは続かなかった。きっかけは死んだはずの弟との偶然の再会だった。

ここでの生活に俺は少しずつ慣れてきていた。基地内の一部分は許可があれば自由に行き来できる。それは再びあの巨大なコンピュータのある制御室の中に入ったときのことだった。ホログラムが勝手に起動したのだ。

「兄さん、久しぶりだね」

白衣を着た一人の老人がこちらに向かって歩いてくる。

「兄さんだって?」

これがホログラムの映像とわかっていても、びっくりして頭の中が整理できない。

「兄さん、信じられないのはわかる。僕は辰北《チェンベイ》だよ。やつらが兄さんに僕のことをどれくらい伝えたかはわからない。でも僕がこのコンピュータのプログラムの中に、ゲノム識別プラグインを加えていたことは誰も見抜けなかったようだ。僕たちのゲノムの全塩基配列は完全に一致する。だから兄さんが一人でこの部屋に入ることがあれば、コンピュータが識別してこのホログラムを投影するというわけさ。きっと兄さんの、ある特定の疑問に答えることができると思う。これは僕たち兄弟の最後の対話だと思ってくれ」

俺はこの老人をじっと見た、その顔は重ねた歳月によって弛み、肌もざらざらとしていたものの、昔の面影が残っている。俺と瓜二つだ。辰北《チェンベイ》。双子の弟。こんな形で再会するなんて。

「兄さん、いい知らせじゃないんだ」

眼鏡の位置を直しながら、弟は乾いた唇を何度ももぐもぐさせた。そして大きな決心をしたかのように口を開いた。

「兄さんの病気は治っちゃいないんだ」

「なんだって⁈」

再会の感動が抜けきっていなかった俺も、弟のこの言葉に大きなショックを受けた。

「兄さんが冬眠した後、僕はALSの治療法の研究に身を捧げた。でも研究は、病状を緩める段階で留まったまま、最終的に根治には至らなかったんだ。兄さん……申し訳ない！」

「六〇〇年以上だぞ！　なんとかならなかったのか！　六〇〇年以上も治療法が見つからないなんて」

突然の悪い知らせに自分の感情がコントロールできない。弟は答えた。

「実際には研究は三十年もやってないんだ。遺伝子置換ですべての遺伝病を消すことができるようになってから、遺伝病の治療に資金を割り当てる機関がなくなってしまったんだ……兄さんもこの理屈はわかるだろう？」

それを聞いて俺もハッと悟った。しかし、藁にもすがる思いで最後の希望を思い浮かべた。それは彼女、梨子《リーヅ》教授だ。あんなにあたたかくて素敵な笑顔の女性が俺を騙すわけないじゃないか。

「俺は信じないぞ。梨子《リーヅ》教授が俺を騙してるとでも言いたいのか？」

「彼女は全部が全部、兄さんを騙しているわけではないよ。人類は確かに危機に直面しているし、火種計画も本当だ。ただ……」

弟の言葉がそこで止まった。老いた声が震えている。

「兄さんはまだ自分以外の冬眠から目覚めた人間を見ていないだろう。気にならないか？」

「どこにいるんだ」

弟は自分の足元を指差した。

光が再び変わり始め、もう一つのシーンが部屋の中央に投影される。数百人の老若男女が、それぞれに用意された水槽に身体を浸けている。薄い黄色の液体の中に浸かった身体は灰色に膨れ上がり、無表情なその顔はどれも生気を失っている。

「彼女は聞こえがいいように話したんだろう、火種計画のことを。確かに、兄さんの遺伝子は火種だ。でも兄さんの身体はそのための着火剤、ただの燃料なんだよ」

感情が昂《たか》ぶった辰北《チェンベイ》の声が震え始めた。

「やつらは〈ロック〉のかかっていない遺伝子に刺激を与えて、変異を起こし続けようとしているんだ。〈ロック〉を外すことのできる〈鍵〉の塩基配列が十八番染色体上に現れるまでね。やつらはその〈鍵〉を自分たちのすべての胚に送り込み、〈ロック〉を外して多様性を増強させる。しかもその後、再び〈ロック〉を胚に戻して、人類の優良な性質を一定程度、安定させるつもりなんだ。つまり彼らは、多様性と画一性の均衡点を探ろうとしているんだよ」

「だからって、なんで冬眠から目覚めた人間を水槽の中に入れる必要があるんだよ」

「〈鍵〉の配列は、二十年以上前にコンピュータで割り出されてる。だけど現実には遺伝子をもっとたくさん変異させなければその配列は手に入らないんだ。変異させるのに一番手っ取り早い方法が、細胞を人間の体内に留まらせた状態で刺激するやり方さ。つまり、実験は体外で行なわれるわけじゃない。そのまま人体を刺激して体内のホルモンと細胞を相互に反応させ、理想の配列を手に入れるんだ。兄さんの身体は、彼らにとって一番理想的な培養皿なんだよ」

投影されたホログラムの中の、生気を失った人間たちを見る。自分も彼らの一員になるのかと思うと、吐き気が込み上げて止まらない。

「梨子《リーツ》教授は俺に言ったぞ、すべての人間の生命を尊重してると、それがこの社会の共通認識だと。そんな彼らが人間を〝培養皿〟扱いだって？」

「すべての人間の生命……すべての、人間か！」

その口調が突然重くなった。

「やつらが命を尊重するのは人間だけだ、猿の命を尊重するなんて誰も言ってないだろ？」

質問の意味がわからずにきょとんとしている俺を前に、弟は続ける。

「あの改良人間たちは容姿も美しく、背も高くて、頭もいい。すべてで僕たちを凌駕している。そんなやつらが僕たちのことを〝人間〟扱いすると思うのか？　たしかに改良人間同士の人種差別はないよ。だけど、改良人間と僕たちの区別はある。それは、人種間の差別に比べて、はるかに大きい。ここまで優劣が明らかな以上、彼らの社会の道徳倫理は僕たちには適用されないんだ」

俺は体に力が入らず、その場に立っているのがやっとだった。

「兄さんが目覚めさせられたのは、体の細胞を活性化させるためなんだ」

まだ刺激が足りないとでもいうかのように、彼は続ける。

「神経毒を注射された後、兄さんは意識を失う、でも死にはしない。水槽の中に入れられ、彼らが栄養を兄さんに与え続ける。意識は一生戻らない」

「やつらは、善良で寛容な性格に改良されたんじゃないのか？　完璧なんだろ？　こんなことをするなんて理解できない」

「人類は確かに自分たちの持つ美しくない性質をすべて取り除いたよ。短気や悲観、怠惰……だけどたった一つだけ残っていたものがある。エゴだ。今も昔もエゴイズムは社会を前に進ませる原動力なんだ。もし人間にエゴがなければ、経済理論はすべて崩壊し、社会は停滞するだろう。つまり、今僕たちはエゴの塊のような集団に向き合ってるんだよ。温和で朗らかだけど、本質はかつての僕たちと変わらないのさ。兄さんの犠牲のもと、彼らは安全を手に入れる。エゴイストたちが簡単に引き下がるわけないだろ」

喉がカラカラだった。唾を飲み込む。そして自分がもはや唾液も出ないほどのすさまじい緊張状態であることに気づく。俺の声はかすれていた。

「だったら俺はどうしたらいい？」

「DNAの認識方法は古い暗号化方式なんだ。すべての人間のゲノム情報が高度に画一化されるにつれて、その方式は早くに廃止された。つまり、その方式を使う限り、やつらに僕の作戦を防ぐすべはないということだ。兄さん、僕は自分のゲノム情報を二つの場所に記録してある。兄さんはそこに行けば自動認証で入ることができる」

「一つはこの部屋だろ。俺が入ったらホログラムが起動した。あと一つは……」

弟の目に輝きが戻った。

「ウイルス庫だ。人間を死に至らしめるウイルスが保管されてる場所だ」

体の中に緊張が走る。

「ウイルス庫だって？」

「ウイルス庫には二十秒で人間の運動機能を失わせる最強のウイルスがある。ひとたびそれが拡散すれば、基地はあっという間に混乱に陥る。そうすれば兄さんは騒ぎに紛れてここから逃げ出すことができる。すぐに基地の外にも、感染が広がるだろう。街は麻痺し、国家はパニックに陥る。兄さんは安全な場所を見つけて身を隠してくれ。人里離れた山や離れ小島あたりが一番いいだろう。それから数か月経って、改良人間たちがほぼいなくなったら、兄さんが冬眠してた倉庫にもう一度戻って、そこに眠っている八〇〇〇人を目覚めさせてくれ。彼らと一緒に新しい社会を作るんだ。もちろんその八〇〇〇〇人では今の科学水準を維持できないから、兄さんたちは農業社会に逆戻りするだろう。だけど文明の本当の火種は残ってるんだ。あらゆる知識は本やコンピュータの中に蓄えられている。いつの日か、兄さんたちの子孫が人類の社会をもう一度立て直せる日がやってくる」

弟は顔をしかめて続けた。

「いいかい、あの改良人間たちはまだ遺伝子の改良に執着してる。暗闇に向かう一本道だ……そんなことで数千万年続いてきた進化や自然の選択を越えることができるとでも？　やつらは過ちを受け入れようとも、教訓を得ようともせず、臭いものに蓋をし、さらに過ちを繰り返して……今、こうして本当の火種たちを水槽に浸し続ければ、人類を待つのは滅亡しかない！　ウイルスを拡散させれば兄さんは救われる。それだけじゃない、僕たちの文明も救われるんだ」

「お前は俺に、世界中の人を殺せというのか？　でも……もし俺が感染したらどうするんだ？」

「僕たちの時代の人間にとって、このウイルスは致死率が二三パーセントぐらいだ。兄さんは一定の確率で確実に死ぬ。たとえ逃げおおせても、兄さんのＡＬＳは悪化するだろう。これから器具や薬でコントロールしたとしても、八年も経たないうちに運動機能を失うはずだ。八年の自由時間か、それとも水槽に永遠に浸かるのか？　兄さん、これはあなたがすべき選択だ。僕には手助けすることができないから……」

「どうしてそんな……辰北《チェンベイ》……いったいどうやって選べと？」

自然と涙が流れてくる。

「すまない、この映像には質問の答えは保存されていないんだ」

「言ってくれよ！　どっちを選べばいいんだ」

「すまない、この映像には質問の答えは保存されていないんだ」

弟もこの問いから逃げていたのだ。

＊

気がつけば、まるで夢遊病患者のように俺の体はフラフラとウイルス庫の入口までやってきていた。近づいた途端、扉はためらうこともなく、音もたてずに開いた。防護服に着替えて、さらに奥の扉の中に入る。暗号化されたすべての設備が自分に反応して、おとなしく起動していく。劉辰北《リウ・チェンベイ》、お前はなんて抜かりのないやつなんだ。

すぐに、弟が言っていたウイルスを見つけた。薄紅《うすべに》色の液体が小さな試験管に入っている。手にってみたものの、とてもじゃないが、その蓋を開ける勇気はない。こんな小さな試験管に悪魔が眠っているなんて誰が想像できるっていうんだ。空気、液体、土壌、人と人との間を飛び交いあって、猛烈な勢いで人を殺していくのだ。

「何をしてるんです？」

はっきりと透き通る声が部屋の静けさを破った。

振り向くと梨子《リーツ》教授がいた。彼女を見ると、複雑な感情が再び生まれた。質問したいことは山ほどある。だが、とっさに俺の喉から出たのは怒号だった。

「こっちに来るな！　お前たちの本当の目的は俺を永遠に水槽の中に浸けておくことなんだろ。違うか。そんなことしてどうする」

梨子《リーツ》教授は真実を知られたことに明らかに驚いた様子で立ち尽くしていた。だが彼女は弁解することも、こちらへの説得を試みることもしなかった。数秒のうちに気持ちを整えたのか、手に持っていたレーザーガンを両手でゆっくりと構えると、俺の心臓に照準を合わせた。希望はもはや完全に打ち砕かれた。彼女の行動は辰北《チェンベイ》の言葉がすべて正しかったことを裏づけていた。

「試験管をそこに置きなさい。さもないと、これがあなたが聞く最後の言葉になるわ」

「銃を置け！　さもないと、これが俺たち二人の最後の言葉になるぞ！」

俺が試験管を叩き壊すそぶりをすると、彼女は慌てたようだった。銃を扱い慣れていないことは明白だった。それもそうだ、毎日実験室にいる人間が銃を使えるわけがない。

だが俺にはわかっていた。今まさにこのウイルス庫に、銃を持った人間たちが大挙して向かってきていることを。一分も経たないうちに、そいつらはこの部屋を包囲するだろう。

この瞬間、俺の頭は急速に回転しはじめた。まるで世界中のすべての計算式が弾き出されるように。もしここで試験管を割れば、俺は八割ぐらいの確率で死を免れるだろう。梨子《リーヅ》教授は銃を使えないだろうから、俺がレーザーガンで打たれて溶けるようなこともないだろう。だとしても、その後、銃を持った他の人間たちから逃げることができるだろうか。もし運良く彼らから逃げおおせたとして、改良人類が滅亡する日まで混乱を避けながら、眠っている仲間たちを目覚めさせることができる確率はどれくらいだろう。さらに信じられない幸運を重ね、すべてがうまくいったとしても、病気の俺が動くことができるのは八年、うまくいって一〇年？　俺たち八〇〇〇人余りで作る弱々しい社会は、こんなに素晴らしい文明をもう一度、新しく築くことができるだろうか？

……すべてが未知数だ。

だが何にせよ、わかっていることが一つあった。この試験管を壊さなければ、俺は一〇〇パーセントの確率で水槽の中に入れられてしまうということ。

そのとき、ふと辰北《チェンベイ》の言葉が脳裏をよぎった。

「エゴイズムが社会を前に進ませる原動力なんだ」

指の力を抜き、試験管を握った手を離した。

パ────ンッ！

降下物

マデリン・キアリン

柴田元幸 訳

マデリン・キアリン（Madeline Kearin）のこれまでの主たる作品発表の場は、文芸誌 *Conjunctions* である。二〇一六年秋の六七号から二〇二〇年春の七四号までの八号のうち四号に彼女の作品が載っていて、この「降下物」は六七号に載ったデビュー作である。*Conjunctions* は実験的作品を称揚することで知られ、キアリンの作品ものすごく実験的というわけではないが設定はどれもなかなか奇妙である。著書はまだない。

キアリンは最近ブラウン大学で博士号を取得した若手考古学者である。考古学といっても大昔の事物が対象ではなく、たとえば十九世紀の精神病院を考古学的に考えたりするのが研究内容だと思われる。論文にはたとえば「汚れたパン、強制摂食、ティーパーティ――十九世紀精神病院における食物の活用と悪用」といった題がついている（二〇二〇年一月発表）。

小説にも学者としての活動はある程度反映されている。舞台のみならず、場所や物の描写に考古学者的と言いたくなるような丁寧さがあって、内容の奇想とどこまでマッチしているのかよくわからない感じがあり、そこからかなり珍しい魅力が生まれているように思える。

最後の爆弾が投下されてから二十年経つのに、彼の皮膚は外気に当たるといまもチクチク疼《うず》く。遠くから見る彼は、人間を印象派風に描いたみたいに見える。ピンクと茶色とベージュの絵の具の滴《したた》りや塊が、人間そっくりの形の中に流し込まれている。近くで見るとその錯覚は崩れ、代わりに皮膚は不規則な複雑さをきわ立たせる。緊張をはらんだ細胞の地理が実質を失って、指と指、目と鼻と口、顔と首の境界が消滅している。彼の肉体は無政府状態であり、人間でないものが擬人化されたかのようだ。でもその二つの茶色い、丸く艶やかな眼球は完璧に維持され、瘢痕《はんこん》組織が作る引き締まった輪の中に、濡れたおはじきのように収まって、その存在がどうにか顔全体に秩序をもたらしている。彼は自分の眼を誇りに思っている。そして、頭半分残った、いったん抜けたのち茶色く艶やかに生え直った髪も。指はすべて残っていて爪は七つ残っている。服は祖父のものを着ている。ネルのシャツに、モールスキンのズボン、縄編みのセーター、それらは体にほぼ合っている。首にかけた鎖には母親の結婚指輪がついている。

最後の爆弾が落ちたときにいた家に、彼はいまも住んでいる。自分自身の、両親が中にいた家は、その二週間前に爆破されたのだった。最後の爆撃の日の彼は十歳で、自分の皮膚がどんな感じだったかいまも思い出せるし（滑らかでしなやかで、すべての骨と関節にぴったり合っていた）、自分がどんなふうに動いたか（腕と脚の流れるようなしぐさ、衣服が何の痛みもなく肉に形が合う）も思い出せれば、陽の光が睫《まつげ》毛の先をざらっと撫でていく感触も覚えていた。サイレンが鳴り響くと、妹と近所の人たちと一緒に地下に入った。すべては二、三秒で終わった。頭上の狭い窓が、混じり気なしの炎を長方形に囲い、炎はガラスを割って部屋の中に飛び込んできて、すべてを白い光と黒い影のジグソーに変えた。腕の毛がぴんと立ち、ジュッと音を立てて、皮膚上方の何層かと一緒に無と化すのを誰もが感じた。皮膚がメモ帳の一番上の一枚みたいにめくれ上がり、黒くなるとともに剝がれ落ちたことを彼は思い出す。妹は読んでいた本の表紙が顔に貼りつき、題名が頰に印刷されて残った。

爆発には何の音も伴わなかった。

生活はもう元に戻らなかった。もはや爆弾は落ちてこず、生き残った者たちは自由に行き来できた。でもひどく辛い、もっと多くの人が死んだ長い数か月が続き、皮膚のさらに多くの層が剝げ落ちて、彼は毎朝、枕の上に歯を血も流さず吐き出した。やがて彼らの状態は安定し、生き延びた人々はふたたび結集した。己の肉体同様、人々は自ら瘢痕組織を縄のごとく紡ぎ出し仲間同士で網目を作り、精一杯すきまを埋め、剝《む》き出しになった継ぎ目を覆っている。外界からはほとんど何の連絡もなく、彼らもそれで不満はない。最後の爆撃の前、日々の終わりが間近に迫ったように思えた時期、彼らは百年分の食糧を蓄え、現在それは必要以上の量である。爆撃で人口が激減したからだ。ごく幼い者たち、非常に老いた者たちは即座に、もしくは直後に死んだ。現在はみなほぼ同年輩で、同じ状態である（瘢痕はあるが安定している）。また誰もが子供のできぬ身であり、彼らはおどけて自分たちを、大学に立つ、爆風は無傷で生き延びたもののその後数週間のうちに果実を一つまた一つ失っていった木々になぞらえる。腐った桃が落ち、破裂して地面にぬるぬるの塊が生じる、虚ろなパンチのような音を彼は思い出す。でもそれでいいのだ。子をもうけることの不安から解放されて、人々はほかにやることを見出した。まず、たがいの顔を学び直し、頭の中で、紫色のみみず腫れや蠟のような白い瘢痕を、かつて彼らが有していた目鼻立ちの上に移植した。今日彼らは、傷んだ皮膚を太陽と風から守り、膿《うみ》を出す傷に包帯を巻き、依然として黒い木の葉のようにゆっくり音もなく都市一帯に落ちてくる降下物を熊手でかき集める。

わたしのはずじゃなかった。そういう予定ではなかったのに、リロイが最後の最後で怖じ気づいたので、かくしてわたしが、七世紀前の社会的懸案の解決役としてここにいるわけだ。

わたしはロックフェラー図書館の正面階段に、アーネスト・グレイシーと膝をつき合わせて座っている。アーネストは霜降り模様のついた両手に灰色の爪が七つ残っている青年で、いまはその両手が、フジツボの貼りついた大きな蟹の脚みたいに膝の上で組みあわさっている。糸の束のような黄昏《たそがれ》には、彼の皮膚の小さな谷間すべてに影を埋め込むくらいの光が残っている。わたしたちの背後、風はザ・ロック〔ブラウン大学ロックフェラー図書館の通称〕の虚ろなスリット窓の中で凝固し、黒い壁面から灰の羽根を剝ぎ取る。新米の大学院一年生だったわたしが回転ドアの中へ転がり込み、鞄の中身を床にぶちまけたとき、ザ・ロックは茶色がかった灰色で、どの窓にもガラスがちゃんとはまっていて、秋の光の帯がそれを通って入ってきて、書架のあいだを十字に飛び交った。

わたしはアーネストに三度説明したが、まだ信じてもらえない。

「絶対に砦だと思ったのに」狭まった鼻孔から息を吐き出しながらアーネストは言い、首を横に振る。「セメント使ってるし、窓は細いし、地下にたくさん部屋があるし。侵入者が来るのを見張るのに完璧な地点だってある」

「うーん、わたしがここにいたころ侵入者は見なかったな。でもくたびれた学生は大勢いて、重たいバックパック背負って丘をのぼってた」

「でもてっぺんに渡した手すりはどうなのさ。あれ、どう見ても防御用でしょ。狙撃兵があそこにライフルを載せて、千メートル離れた標的を選んでる姿を想像してたんだけど」

「あれはね、ただの飾りなの」とわたしは答え、口にしてみて初めて、それがどれほど間抜けに響くかを耳で感じる。彼とわたしは建物にちらっと目をやり、上部の水平帯《コーニス》に沿ってティンカートイ〔組立て玩具〕みたいにつなぎ合わされて低い突起を形成しているセメントの帯を見て、二人ともゲラゲラ笑い出す。そしてアーネストは、眉毛のない額を痙攣させることでまたいつもの表情を示す。そうだよねドクター・ハンブリン、そりゃそうだよね。そしてわたしも例によって認めざるをえない——きちんと論理的に考えた、何年もの観察と調査に基づいた彼の説の方が、わたしの不細工な説明なんかよりずっと理に適《かな》っていることを。事実は一応、後者の方なのだが。

　都市はわたしが第三千年期前半の十三年間に知っていたころと大して変わらない。建築の土台はほとんど手を触れられていない。かつてのわたしの教授の一人なら、骨はまだそこにあると言ったことだろう。だが皮膚と筋肉組織は、老いたのみならず損なわれている。ザ・ロックにしても、以前知っていた人間には（つまりわたし一人には）十分わかるが、いま初めて見る人間はここが以前に図書館だったことがあるなどとは思いもよらないだろう。入口の、ずっと昔は表面から浮き上がっていた金色の文字は、いまや影すら残っていない。そしてもちろん、中にあったものは全部、何百万冊もの書物の一冊残らず、アーネストの祖父母が生まれるより前に粉々に爆破され、残ったのは殻だけ。これもまた、近所の子供たちが遊ぶ焼け焦げたジャングルジム、一人の青年の想像力を刺激するもうひとつの劇場。

　未来が存在しないゆえに、青年は己を過去に結びつけた。二十年探索を続けた挙句に、大口叩きの時間旅行者が一人現われただけで、思い描いてきたことすべてを覆されてしまった。これまでのところ、アーネストが立てた諸説のうち、正しかったと判明したものはひとつもない。大学院センター学生寮のことを彼は奴隷の宿舎と考え、インディア・ポイント公園は犬のためのサンクチュアリだと考えた（犬のことは高度の絶滅危惧種だったにちがいないと考えた）。バプテスト教会、会衆派教会の空高くそびえる白い尖塔は飛行機械の発着所、ヴァン・ウィックル・ゲートは野獣を締め出すためのバリケードだと想像した。キャンパスのあちこちに熊の彫像があるのを見つけて――まだ立っているのもあれば倒れてしまったのもある――動物に神秘的な力があると信じたシャーマニズム信仰の対象だと考えた〔ブラウン大学のマスコットはブルーノと呼ばれる熊〕。結論を導き出すにあたっては入念な帰納法に基づき、容易な分類を許さない事象は儀式として捉えた。

「あなたは一級の考古学者ね」わたしはアーネストに言う。

嘘じゃない。

わたしたちは正面階段を降りていき、プロスペクト・テラス公園に通じる険しい坂の方へ曲がる。かつて、人生六回分前、一対の兎がわたしの夫（当時はまだ恋人）とわたしの前の道路を、まさにこの地点で飛ぶように横切り、車の流れのあいだを縫ってたがいに追いかけあい、やがてラヴクラフト記念広場近くの草地で止まった。わたしはそれを見てケラケラ笑った（いまは誰も信じないだろうけどわたしもかつては若くて陽気だったのだ）。ここプロヴィデンスでわたしが野生の兎を見たのはこれが初めてだということが、ジェームズにもはっきり伝わったはずだ。そしてこれが最後にもなった――爆撃を生き延びた動物は一匹もいなかったのだ。燃えてしまった自動車が、どこの道路にも一台か二台取り残されていて、浜に打ち上げられた鯨の骨格が焦げたみたいに見える。電柱があちこちで疲れたように傾き、揚げ物にされた電線のふらふら揺れる弧を黒いセメントの上に休めている。日没の柔らかな筋が、電灯によって薄められもせず滑らかに丘をのぼって行き、崩れかけた屋根を虹色のほのかな光で染めている。

こんなに変わっているなんて、わたしには覚悟ができていなかった。都市自体ではなく、自然環境が。自然は永遠であり時を超越していると思っていたのに。爆撃によって、都市の中身は原子の次元でスクランブルされた。空気も違って感じられる。すべての分子にダイヤモンドが埋め込まれたみたいに、前より重たく、より鋭く、光っているように思える。暗闇は暗くない。放射性物質に闇は共振し、カラフルな点々が時おり模様にまとまる。三角形、風車《かざぐるま》、胸壁の絵柄がわたしの瞼の裏に焼きつく。そして太陽と月は、核残留物を通って屈折し、万華鏡のような像を作り出す。毎朝、毎昼、毎夜違った幻覚。たったいまも、緑のオーロラの棘付き尻尾が地平線を横切り、空を継ぎ目から継ぎ目まで串刺しにする。一瞬、空が血を流すように見え、大きな赤い塊が、オムニ・ホテルと州会議事堂の潰れた丸屋根の水たまりの虚ろな影絵に光沢を施す。やがてカンバス全体が止まり、下がり、フィルムのリールみたいに新しい像に変わっていく。今度は紫と青で、ビロードのようなひだひだがあり、アーネストの顔に空《あ》いた一連の穴みたいに柔らかな黄色い星があちこちに埋もれている。

一緒に歩きながら、アーネストはふり返って、歯のない笑みをわたしに見せる。瘢痕組織の縄が操り人形の紐みたいに口を引っぱる。わたしがポッドから汗まみれで目をぎらぎらさせて出てきて二週間後、わたしをジロジロ見てしまうことをアーネストは謝った。

「僕、人をこんなふうに見るように両親にしつけられたわけじゃないんです」と彼は言った。「ただ、あなたみたいな顔を見るのは二十年ぶりだから。正常な人間の顔を」

謝るのは彼だけだが、ジロジロ見るのは彼だけではない。みんな見る。見ないことにはうまく呑み込めないのだ。わたしはべつに美人なんかじゃない。美人だったことなんかない。人生の大半、誰のレーダーにも引っかからず、部屋にいる人たちの関心を惹くにはもっぱら言葉に頼ってきた。ところがいまはみんなの関心がわたしに集中する。わたしの頭全体に生えた艶やかな黒髪に、継ぎ目のない小麦色の皮膚に、平たいピンクの爪に誰もが驚嘆する。わたしの関節の滑らかさに彼らは感心する。一人の男はいつもわたしに耳を見せてくれとせがむ。名前をデイヴィッド・アーノルドといい、当然わたしは彼のことを「耳フェチ」として考えるわけだが、べつにその欲求に好色なところがあるとは思っていない。彼らの誰一人、もう二十年、溶けていない耳を見ていないのだ。みんな見たいのだが、大半は礼儀正しすぎて頼めないだけである。代わりに彼らはわたしの唇を見る。唇も耳とほぼ同じく

らい稀だ。大半の人の口は未分化の開口部でしかなく、瘢痕に覆われ、顔にナイフで切れ目を入れただけみたいに見える。瘢痕組織に引っぱられて切れ目が閉じてしまわぬよう、本当に定期的にナイフを入れないといけない人もいる。

一緒に食事をすると（いつも決まって、耐放射線性であり腐敗もしない濃縮物から作った灰色の栄養豊かなペーストだ）、わたしは彼らの難儀な動きに合わせるためにゆっくり食べ、彼らにジロジロ見られることも厭《いと》わない。

ここへ来るよりそれほど遠くない一時期、わたしは人と一緒にいるのが嫌でたまらなかった。この片道任務を引き受けたのも（九平方メートルの金属製ポッドに五世紀、時間は普通よりはるかに遅く流れる）、ひとつには科学的関心もあったけれど、そういう特発性の人間嫌いを漠然と患っていて、そのせいで人類を前にすると虚ろに苛立ってしまうことも一因だった。人前ではつねに、この感情は夫の突然の死が原因だということにしておいたが、実のところそれよりずっと前から生じていたのであって、ベールのように降りてきたものがだんだんと深まり、やがては皮膚の下に定着したのだ。けれどその感情も、現在はどうやら元いたところに帰っていったと見える。まあポッドの中に五百年いればそのくらいの変化はあるだろう。

未来の人々の忍耐強さ、希望のない状況でも希望を捨てない姿勢、そうした彼らに対する賛嘆の念こそが私の憂鬱を拭い去ってくれた、と言おうと思えば言えるが、やっぱりそれも嘘になってしまうだろう。実はアーネスト・グレイシーのおかげなのだ。その純真な好奇心、愚かな楽天、この世界に存在するささやかで奇妙な物たちに対する何ものにも妨げられない歓喜の念。彼を見ていると、そもそもわたしが文化人類学に惹かれたいろんな理由を思い出す。とにかくわたしは、何よりもまず人類学者なのだ。二十一世紀における、大使に代わる妥当な代替物と言ってよいだろう。

黒焦げになった風景一面に、アーネストがファンタジーを紡ぎ出すのを初めて聞いたとき、それがわたしの知っていた都市とおよそかけ離れていることに驚かされた。でも七か月が経ったいま、過去をめぐる彼の幻想がわたしのそれとそこまで違っているのか、もはや確信はない。飛行機械と熊信仰がここでは欠けているとはいえ、考えてみればプロヴィデンスには、つねにどこかファンタジーめいたところがあったのであり、秘教的なものが表面下を激しく流れ、雨風にさらされた煉瓦の下で荒れ狂っていたのだ。暗くなると、古い家並みに灯る明かりはさも目的があるように、それ自身の秘密の魂から発する光に照らされているように見えた。それはかの怪奇作家ラヴクラフトがいたことの残照だったのかもしれないし、あるいはもっと深い、ラヴクラフト自身の滋養ともなった何ものかだったのかもしれない。野性の感覚、巨大さの感覚。秩序を押しつけようとするすべての企てに抗う宇宙という感覚。真っ暗な底なしの井戸を見下ろすかのような、圧倒的に深い人間の脆《もろ》さ。

そうしたファンタジーにわたしたちは支えられている。カーテンの背後なんか見たって楽しくない。それにわたしだって、まあ真っ赤な嘘はつかないにしても、全部は真実を語らない事柄がいくつかある。未来の人々は、わたしの世紀の人々は公明正大で気高かったと考えていて、わたしがここへ送り出されたのも、人類の知を推進したいという純粋な欲求から画策されたことだと思っている。わたしは理想の候補者だったのだ、何百万人もの中から厳選されたのだと彼らは思っている。わたしが世のため人のために志願したのだと彼らは思っていて、悲しくて失望していて退屈していたからだなどとは思っていない。そして彼らは、わたしの時代からもっと大勢やって来るものと思っている。

この最後の思いが誤りかどうかは、よくわからない。予定では実際、わたしが現われてから一年後、あるいはそれより前にまだ何人か来るはずだった。かりに新しいポッドを作るのに数十年かかったとしても、終点は同じにして、スタート時点のずれを無化したはずなのだ。やろうと思えば、わたしより前の時点に向けて誰かを送り出し、わたしが現われたときに出迎えさせることだってできた。まあたしかに、時間はそこまで正確に設定できないと考えられていた。想定より十年くらい前後してしまうこともありうるとわたしも言われていたが、いざ着いてみると設定どおり、ほんの数時間の誤差だった。そしていまわたしはこの世紀に取り残され、使った乗り物はプログラムどおり自動的に退化した。

一年もしないうちに、という予定だったが、一年はもう終わりつつある。といって、そのことがわかる手立てもない。もはや季節もないのだ。長く変わらなかった周期から切り離されて、かつて流れていた時間はいまやこぼれている。かつては流れる時が支流を形成し、やがては大海となって、人はそのなかにたやすく埋没できたものだった。わたしは時間とのつながりを取り戻そうとするが、これは容易ではない。何しろここは年齢を超えた者たちのコロニーであり、人々の皮膚はたるむ間もなく剝げ落ち、若さと老いとがひとつの顔の上で共生している。その皮膚の、生きたパッチワークは、フランケンシュタインの怪物と、色褪せたキルトと、卵から孵《かえ》ったばかりの生き物の血の色をした生々しさとを同時に喚起する。彼らは人間以上であると同時に人間以下であり、それはわたしもわたしなりに同じなのだ。

わたしはユニバーシティ・ホールに住んでいる。建物全体が丸ごとわたしのものだ。四つのフロア、五つの煙突、一部はアフリカ人奴隷によって据えられた数千数万の煉瓦。割れた三角壁《ペディメント》二つ、落下した円天井《クーポラ》一つ、百あまりのガラスなしの窓、裂けた水平帯《コーニス》から垂れた雨樋。加えて、中にあるすべてのもの――埃っぽい部屋、崩れかけた暖炉、独立戦争の兵士たちと十九世紀の学部生とホレス・マン〔十九世紀の教育改革者〕を雨風から護った天井、そしてわたしが最上階に設けてわずかな荷物を並べたささやかな避難場所。

わたしのポッドは中央緑地《メイン・グリーン》の真ん中に据えられ、唯一の窓はユニバーシティ・ホールの眺めで覆われていた。泡の入ったそのガラス越しに、年月が世界の皮膚から剝がれていくのをわたしは見守った。

海が上がって下がるのをわたしは眺めた――木の葉の赤い海と雪の白い海、そしてずっとあとになると灰の黒い海。木々の蕾《つぼみ》が握りこぶしのように開いて閉じるのをわたしは見た。ツツジのピンクの花があくびするみたいに生まれて消えるのを見た。そして太陽と月が代わるがわる空への明るい経路を刻み、その下で何百万もの肉体が煙のように流されて階段を上下し小径を進んでいった。時おり彼らはその透けた顔をわたしのポッドの窓に押しつけたが、あっという間に行ってしまうのでその見かけまではわからなかった。この人たちはまだ人間なんだろうか、とわたしはよく自問した。でもそれ以上に、この人たちはわたしのことをどう思ってるんだろうか、と自問した。彼らから見るところ、いつ覗いてもまったく同じ姿勢でいる女性が、博物館のジオラマみたいに、トーストを食べるしぐさ、本を読むしぐさ、コンピュータを叩くしぐさを模倣している。年が経つにつれて、その情景はどんどん奇妙に見えていくだろう。わたしが食べる食べ物もわたしが使う道具も、学生たちには何なのかわからなくなるだろう。わたしが来ている服は古臭く見え、やがてレトロに見え、それからエキゾチックに見えて、ついには博物館に相応しい古さを帯びるだろう。かたわらに置かれた案内板をわたしは想像した。人類学者。二十一世紀。ガラスを叩かないで下さい。

実際、出ていくと本当に金属製の標識が立てられていたのだが、字があったはずの部分は崩れ落ちてしまっていた。説明文の代わりに、未来の人々はわたしに関する変異した記憶を、真実の諸断片から育てた一種神話のようなものを保持していた。わたしに名前までつけていた。ターリア・タマレーン。セアラ・ハンブリンです、と彼らに向かって自己紹介したときは何だか裏切っているような、少なくとも夢を壊してしまっているような気がした。セアラ・ハンブリン、PhD〔博士〕。このアルファベットが何を意味するのか誰も知らなかったが、もちろんアーネストは精一杯の推測をいそいそと述べた。

アーネストを彼の住居に残し、わたしは一人で歩いて帰る。彼はその家をいまもパジェット邸と呼んでいるが、年配のパジェット夫妻は最後の爆風のあとまもなく死んだ。十九世紀なかばに建てられた、マンサード屋根のお屋敷で、一時は緑色だったかもしれない。内部は残骸から拾い集めた品々が、乏しくはあれ趣味よく設《しつら》えてある。縁が欠けたドレッサー、テーブルや椅子の寄せ集め、ＲＩＳＤ〔ロードアイランド美術大学〕博物館から引き揚げてきた驚くほどきちんと保存された四柱付きベッド、革張りソファ（そこらじゅうの裂け目を、人々が傷口を縫うのに使う脂っぽい腸線を用いてアーネストは丹念に縫いあわせていた）、そしてどの部屋にも、ウィッケンデン・ストリートに建つ一軒の家の地下室にしまい込んであるのを見つけた東洋風の絨毯が一枚か二枚。絨毯は死んだ家の皮膚に塗られた頬紅のようであり、朽ちかけた床板や中をえぐられた壁に抗して、生の様相らしきものを一応保っている。

　緑地の向こうをもう一度最後に見てから、わたしはユニバーシティ・ホールに入っていく。ここへ初めて来たときはジェームズと一緒だった。夏の終わりで、蟬たちがその振動を重たい空気に書き殴っていた。

　そして最後に来たときは、緑地にファンファーレが鳴り響くなか、わたしはポッドの中に足を踏み入れた。集まった人々の顔をわたしはもう一度だけ見回した。みんな、わたしが次に足の爪を切る必要が生じるころにはもうすでに死んでいる人たちだ。ロバーツ学長、アイルズ学部長、人類学科全員（そのうちの一人の、イタチみたいな顔をした大学院生は特に死んでいてほしいと思った）、スマホを操作している学部生とカメラを操作している新聞記者の群れ、そしてジョン・リロイ——わたしは彼に代わって地獄へ行こうとしている。

　少なくとも彼を見るとそういうふうに思えた。最後の最後で知事からの恩赦の報せが届いた受刑者の安堵がその顔にはあふれていた。もっともわたしには、これが死刑宣告のようには感じられなかった。わたしはすでに、来世に心地よく収まっていたのだ。新聞も同じように、進んで払った犠牲、ほとんど殉教、と報じ、ある新聞は九月十六日に彼女は子宮のごとき小さなカプセルに入り、二十一世紀に扉を閉ざすと書いた。どの記事も、わたしの心身がいっさい損なわれていないという前提に立っていた。でもわたしは毎日、周りで壁がじわじわ迫ってくるなか、何をしていたか？　ずっと家にいて、読んだり書いたり、わたしの仕事部屋のドア越しに、ソファに座った、その眼鏡のレンズの中でテレビが電気の糸を巻いているジェームズの方をちらちら見るか、それだけだったのだ。たとえ混んでいる部屋にいてもいつも一人だったし、ジェームズの隣で横になっているときでさえいつも孤立していた。何だかまるで、突然の、ギロチンのような暴力が、わたしを世界につないでいた管を断ち切ってしまい、わたしは剝き出しの姿、切り刻まれた姿で取り残されたような気分だった。肋骨越しに、自分の心臓の虚ろなエンジンがぐるぐる回転し、いまだ倦《う》まず温かさと愛情を送り出しているのが見えたが、その無駄な努力の成果はただただ地面に飛び散るばかりだった。同様に、ほかの人たちの意味あるしぐさもわたしに向かって次々飛んできたけれど、標的に届く前に墜落してしまっていた。でもほとんど誰も気づいていなかった。反射神経に導かれて、人間であるようなふりをわたしはまずまずやり通していたのである。

わたしの二十一世紀からの出発は別離ではなかった。それは最後の最後で生命を救おうとする手立てだったのであり、ずっと前からあった致死的な傷を治すのが目的だった。周りの世界を燃やしてしまうことによって、傷を焼灼《しょうしゃく》できればとわたしは思ったのだ。

わたしは無傷の身でポッドから出てくるのだ。

「貯蔵室、もうじき開けてくれるの？」二人で北埋葬地を歩いている最中にアーネストが訊いた。この墓石は片側が長年の大気汚染で黒くなっていて、もう片側は爆撃で漂白されたせいで白い。白い大釘が白い側それぞれのへりから突き出て黒い側までのびていて、ライオンのたてがみのようなギザギザの縁が出来て、読めない墓碑銘や部分的に抹消された智天使《ケルビム》を囲んでいる。黄昏のなか、墓石は光を発し、その表面が、ピカピカ光る空から緑色とオレンジ色を吸い込んでいる。

何の話か、わたしにはわからない。ひょっとしてアーネストも、ここの人々の大半が死ぬ前に見舞われる精神異常の徴候を示しはじめたのだろうか。もうそういう徴候を何十と見てきたけれど、一番最初に見た例が一番重症だった。わたしはアーネストに、あなたが知っている一番年寄りの人物を紹介してほしいと頼んだのである。彼はわたしを連れてホープ・ストリートの坂道をのぼり、粉々に砕けた家々が作る剛毛のような冠に囲まれて小さな丘の上に建つラッド天文台までのぼって行った。中に痩せ衰えた男がいて、アコーディオンのように畳んだ体を壁に寄りかからせ、角張った膝を胸に引き寄せて、肉の抜けた翼みたいな両腕をテントのように広げて膝を覆っていた。天文台の丸天井はあちこち穴だらけで、そこから光の筋が注ぎ込み、男の禿げ頭に青と黄の腫れ物を作り、なくなった鼻の凹《へこ》みにも水たまりのように沈み込んでいた。埃の色をした目玉を転がして、床から壁、壁から虫の喰った丸天井、丸天井から元に戻す以外、男は動かなかった。

「この人、いくつ？」わたしは訊いた。

「四十」アーネストは答えた。

男は名をチャールズ・デクスターといい、最後の爆弾が落ちたときは大学三年生だった。その数週間後から行動がおかしくなったが、天文台に住みついて誰もそばに近寄らせなくなったのはつい五年前のことだという。座っている周りにたまった汚物を掃除してやろう、服に貼りついた灰を払ってやろうと思って寄っていっても駄目なのだ。そしていま男は灰にまみれて、黒い羽根を逆立たせた鳥みたいに見える。エメリーン・グレイシー——アーネストの妹で、もっぱらジェーンの名で通っている——が食べ物と水を毎日二度持っていってやる。

わたしたちは北埋葬地に、わたしが二十一世紀に知っていた人々の墓を探しに来たのだった（まだひとつも見つけていないが、そもそも大半の石はもう字が読めない）。アーネストは元気がなかった。

残っていた方の耳が、昨日もげてしまったのだ。もう一方の、カーテンみたいな茶色い髪の下に陣取っていた方は、その一週間前にもげた。

「もうこれ以上なくなりようがないと思ってたのに」とアーネストはわたしに言った。

けれど彼らはみなどんどんいろんな部分をなくしている。わたしが現われたときよりも悪くなったように見える。雨で絵の具が溶けかけた絵みたいに、一週間前より悪くなっている。そうした状況に一人ひとりが違った形で対応している。メアリ・ウォードは自分の足指をチューリップの球根みたいに裏庭に十個並べて植えた。ジェフリー・エムレンは右の眼球を広口瓶に入れていて、どんより濁ったホルムアルデヒドに漬かった眼球はくすんだ惑星のようにゆるゆる回っている。そしてジェーンはもげた人差し指をリボンで手に括《くく》りつけたが、やがてそれも肉が乾いて外れてしまうと、今度は剝き出しの骨が外れないようそっちにリボンを巻きつけた。

この間ずっと、わたしが彼らを知ろうとするのを誰も妨げなかった。食事も分けてくれたし、シャツを持ち上げて炎症のように赤い潰瘍も見せてくれた（下の方の肋骨が内側から皮膚を突き破っていた）。みんなわたしを偶像視し、神格化さえしてくれて、愛情のこもった長いまなざしでわたしを見据える。その間ずっと、わたしが何かお返しに与えてくれるはずだと彼らは考えている。過去からの何か秘密の万能薬があって、ブラウン・ストリートの窓のない地下貯蔵室の、誰でも見られるところに隠れていることを教えてくれるはずだと。

「どうしていままで言わなかったの？」わたしはアーネストに訊ねた。

「黙ってろってみんなに言われたんだ」ひと息つこうと箱型の墓によろよろ倒れ込みながらアーネストは言う。「強引に押しちゃいけない、そうする気があなたにあるんだったらあなたの方から言い出すはずだからって。それにみんな、あなたはほかの人たちが来るのを待ってるのかもしれないって思ったし」

ほかの人たちという言葉を聞いて、その言葉が暗示する力がわたしのはらわたを突き刺す。わたしの時代の人々、わたしの仲間、わたしの同志、みんな滑らかな肌で関節はしなやかで、インターネット文化、9・11、『サウスパーク』〔米国の諷刺コメディアニメ〕、ウォーターファイア〔プロヴィデンスにあるパブリックアート〕、ブルーステイト・コーヒー〔プロヴィデンスから始まったコーヒーチェーン〕の記憶を抱えている。突き刺さったそれはそこにとどまって、ぐいぐいねじり、わたしの内臓を巻きとる。

「アーネスト、もう一度だけ言うけど、ほかの人たちがほんとに来るのか、わたしにはわからない」

「でもドクター・ハンブリン――」

「あなたどうしてもわたしのこと、セアラって呼べないの？」

彼がそうしないことがわたしにはわかる。こう憤ることの皮肉はわたしも自覚している。かつてわたしは、ジェームズに向かって、学者同士のやりとりで男の同僚はつねにドクターと呼ばれるのにわたしは絶対そう呼ばれない、とえんえん三十分間わめき散らしたのだ。でもいまとなっては些細な、どうでもいいことに思える。すさまじい大きさの塊が炭素のように圧縮されて、硬くてピカピカの何かになってわたしの脳のどこか奥の方でひっそり転がっているみたいな感じ――冷たい、ガラス化した過去から残ったほかのすべてのものと同じに。

というわけでわたしたちは戻っていく。隆起する大地の膨らみや窪みをたどり、腐った歯が並んだみたいにすっかりすり減った粘板岩の平地を抜け、門を通って、埃っぽい廊下のようなホープ・ストリートを下って、天文台の前を、ちょうど赤い月の光がその萎《しお》れた丸屋根を開けるのが見える瞬間に過ぎていく。風が核雑音と、乾いた材木を割る音と、チャールズ・デクスターの朗々たる吠え声を撚《よ》りあわせる。わたしたちは喋らず、たがいをほとんど見もしないまま、やがてモーゼズ・ブラウン校の廃墟の前を通り、アーネストの膝がぐらついて転びかける。わたしがその腕を摑むと、彼は乱暴に身を引く。目の隅に涙がたまっている。

「僕たちみんな、あなたが僕らを救いに送り出されて来たと思ったのに」アーネストは言う。「僕らきっと、薄馬鹿のフリーク揃いに見えるんだろうね」

彼は歩きつづけ、わたしはあとを追い、嘆願するように両手を差し出す。両の手のひらには、彼の剝けた皮膚が、血まみれの木の葉みたいに貼りついている。

「全然違うわ。どうしてみんな、わたしがただの科学者じゃないって思い込んだのかわからない。科学者とさえ言えない、民族誌学者よ。もし何かすごい秘密を知ってたら、とっくに教えているわ。アーネスト！」

長い、危なっかしい脚でアーネストはホープとエンジェルの交差点をよたよた歩いている。角にある、かつてリピット邸だった灰色の煉瓦の山がピラミッドのように彼の前にそびえ、影に包まれた巨大でむさくるしい姿を見せている。と、アーネストの膝から力が抜け、彼は舗道に座り込む。背中でセーターがさざめき、アーネストは遠くの、街路がすぼまってふらふら揺れる柔らかな光の水たまりと化す場所の方を見ている。プロヴィデンスの街じゅうのひび割れた光が、川の水面に投げ返されているのだ。

「これみんな、僕が遊びでやってるとあなた思ってるよね」ゼイゼイ息をする合間にアーネストは言う。「ただ楽しくて、過去をほじくり返して回ってるんだろうと。でもこれってすべてなんだよ。僕たちもう死んでるんだ――あなただってわかってるよね。僕たち、自分のものなんて何もないんだ」

わたしはアーネストの横にひざまずく。わたしの影が、彼の瘢痕を照らす光のギラつきを弱める。一瞬のあいだ、彼の奇形が作る仮面が消えて、本来あるべき彼の姿をわたしは見る。若くて、知的で、ワルっぽくハンサムで、目に浮かぶ輝きは単に好奇心だけでなく、探求心、渇望、切なさを伝えている。わたしの顔に浮かんだ、呪縛されたかのような表情を彼も認める。いまわたしが見たものが本物だと証すかのように、ハンサムなワルが闇の向こうから――皮膚の中から――飛び出してきて、厚い、唇のない口をわたしの口に押しつける。

わたしは同じことを返しはしないが、離れもしない。一瞬目が閉じて、瞼の裏の忙《せわ》しない宇宙にわたしを閉じ込める。手と足の指先がちくちく疼き、そのあまりの強さがほとんど痛いほどだ。再生するというのは、きっとこういう感じにちがいない――神経の刺すような熱さが、麻痺した肉の中を通る己の経路をふたたび主張する。

アーネストは身を引き、そのごつごつの指で、わたしの額からほつれ髪を払う。

「さあ、やりなよ」彼は小声でささやく。「僕の最後の夢を殺しなよ」


ユニバーシティ・ホールにしばし立ち寄りアーネストの腕に包帯を巻き道具をいくつか出してから、一時間後、わたしたちは問題の貯蔵室の前に立つ。

それは細長い楔形《くさびがた》の平屋の建物で、花崗岩のブロックが組みあわさって出来ている。かつては灰色だったのがいまは黒ずみ、蛍光を発する青い空気の気配を荒々しく漂わせている。低い、隅棟《すみむね》のある屋根には灰、落葉、焦げた蔦《つた》の長い巻ひげが何層も積もっている。短い階段がわたしたちの前で扇形に広がり、それから狭まって入口にたどり着く。両開きの巨大な青銅の扉を、錆びた鎖が蜘蛛の巣のように覆い、その上に飾りのない楣《まぐさ》と、解読不能な碑文がある。

アーネストはボルトカッターをわたしの手から引き抜き、ぎくしゃくした操り人形のような足取りで精一杯すばやく階段を駆け上がる。ゆっくり、丹念に鎖を切断していき、やがて鎖はガラガラ音を立てて彼の足下に積み上がる。埃が収まると、アーネストは扉の一方の黒い汚れを、包帯を巻いた腕の外側で払い落とす。

「ほらあれ、お祖父さんが言ってたとおりだ――女の人だよ」とアーネストは仰々しくうしろに下がりながら言い、ひどく明るい笑みが頬の瘢痕を二つに裂く。「綺麗だね」

青銅のレリーフを彼の視線がたどる。古典的な体形、ぴんとのばした片手に本を持って、コントラポスト〔片足に重心をかけた古典的な立ち姿〕のポーズで立ち、薄衣《うすぎぬ》のような長いドレスの内側から形のよい膝の輪郭がくっきり浮かび上がっている。それから彼はわたしを見る。その目が、順々に、わたしのグレーのスニーカー、破れたジーンズ、毛玉だらけの緑のセーターを眺め、最後にわたしの顔に落着く――刈り込んだ縮れ髪に囲まれた、脂ぎった、日焼けした、厳めしい表情が一瞬も消えない顔。

「この人、あなたにちょっと似てる」アーネストが言う。

わたしは笑い、それから、彼が本気だと悟る。「やめてよ、アーネスト。あなたの想像力、ますますひどくなってきたわよ」

「これ、あなたなの？」

「これは寓意的な彫像よ」。わたしは彼の横をすり抜ける。頰の熱が上がってきて、はらわたの中で二つの相反する感情の糸がもつれ合う。一方では不安、もう一方では彼の言葉がわたしの中に引き起こす子供っぽい喜びへの当惑。大人になってからの全人生を、損なわれた姿に囲まれて過ごしてきた男の気を惹いたことを嬉しく思ってしまう、その馬鹿馬鹿しさというだけではない。この死んだ宇宙でとにかく何かを感じてしまうこと、その馬鹿馬鹿しさ――二十一世紀の活力すべてをもってしても、わたしの冷たい、無感情な鎧を貫けはしなかったのに。

わたしはドアノブを摑む。何分か懸命にひねったり押したりした末にわたしたちは中に入り、闇の広がりへ運び込まれていく。あまりにも完璧な闇。ほんのいくつか光の粒子が何とか入り込んで、わたしたちの肩をかすめて計り知れぬ深みへと流れていく。

アーネストが懐中電灯を振りかざしながら飛び出していき、長いトンネルのような部屋から部屋の連なりを駆け抜ける。力ない光が、薄汚れた木、剝げかけた漆喰、埃の帳《とばり》の下で鈍く光るガラスを撫でていく。

「みんなここにある！　みんなここに！」彼が歌うように言うなか、懐中電灯が天井蛇腹に掛かった何列もの絵画をさらす。糊の効いたカラーを着けた銀髪の男たちや、ひだひだのボンネットをかぶった女たちの肖像画は、無傷のものもあれば、カンバスが丸まってしまい人物の肩のうしろから柳のように垂れているものもある。「何もかもお祖父さんが言ってたとおりだ。第三次世界大戦の前夜、大学の一番賢い人たちが集まって、自分たちが持っている一番貴重な知識や物を、すべてを失ったときのために備えて安全な場所に集めたんだってお祖父さんは言ってた。だからこそ、あなたが送り出された――そうでしょう？　僕たちが忘れてしまった場合に、何もかも見せてくれるために。ここには世界を作り直すのに十分な材料があるにちがいないよ」

わたしはまだ入口にいて、片手でドアノブを握ったままだ。電灯の光がフラクタルを成してうしろから流れ込んできて、わたしの体のシルエットを闇の上でなぞる。ここはたしかに過去が保存された場だけれど、アーネストが思っているような意味でではない。ここは彼のものじゃない、わたし自身のものだ。あらゆる表面に記憶が織り込まれ、ポンペイやヘルクラネウムのフレスコ画のように何層もの灰の下に保存されている。あたりを見回すと、一種の補正が生じる。部屋の輪郭が、わたしの心の中に刻み込まれた風景に対応して変わるのであり、そうやって心的な地図が作成されるとともに、それらの線が引かれた際に伴っていた感情がよみがえってくる。

ジェームズが死んだのは八月、わたしが二冊目の著書を完成させるために研究休暇を取った年のことだった。出版社も大学も寛大に対応してくれて、夫の死を悼む時間を与えてくれたが、わたし自身にそんな寛大さはなかった。わたしは限界まで仕事に励み、働きすぎの痛みも悲しみの疼きも、恐れの鈍い重み以外はいっさい感じないくらい麻痺していた。キャンパス内の、誰か同僚に出くわすにちがいないいくつかの場所をわたしは恐れた。彼らの口はわたしが視界に入ったとたん逆さにひっくり返るだろう。同情に締めつけられた顔を、醜く損なわれたものとしてわたしは見るようになった。何も思っていやしない内面を隠そうとかぶせられた、作りものの感情の醜い仮面として見るようになった。だからわたしはそういう場所を避け、その他、わたしの幸福を体現していた人工物がある学内すべての地点を避けた。アンマリー・ブラウン記念館《メモリアル》にわたしは引きこもった。

メモリアルというと何か安らかな、殺菌済みの空っぽさを連想するけれども、このメモリアルは空っぽではない。れっきとした墓であり、死んだ夫婦と彼らの遺物が収められている。アンマリー・ブラウンが一九〇三年に死去し、法律家にして書物収集家で、南北戦争中〈ホーキンズ・ズアーヴ隊〉の大佐として有名になった夫ラッシュ・ホーキンズが大学のはずれの土地に手の込んだ霊廟《れいびょう》を建てたのだ。ほぼ同時に、イタリア人外交官パウル・バイノッティが、やはり自分の亡き妻――かつアンマリーの妹――キャリーを偲んで静寂緑地《クワイエット・グリーン》の隅に高さ二十九メートルの赤煉瓦時計台を建てた。どうやらブラウン姉妹は、途方もない死後の愛情表現を誘発するたぐいの女性たちであったらしい。

墓にして博物館という二重の役割ゆえに、アンマリー・ブラウン・メモリアルはわたしの時代には一般に公開されていたが、ほとんどいつも誰一人いなかった。それでわたしは、五百ページに及ぶ自著を書き上げようとそこに腰を落着けた。石や煉瓦で出来たものは建てられないから、言葉の聖堂を建てて悲しみを祀《まつ》ろうというわけだ。

アーネストにすべてを打ちあけようといまにも歩み出かけたところで、彼が闇の表面から幽霊のように身を剝がす。懐中電灯のギラつきが、顔の窪みの上を狂おしく這っている。

「あそこに何かある！」

彼はわたしの手を摑み、一番奥の部屋まで引っぱっていく。縁に埃が毛皮のように積もった二つの石棺が見えるのをわたしは覚悟する。

代わりに、アーネストの懐中電灯が、何か大きな、光沢のあるものをちらちら照らす。

わたしは前に出て、自分の懐中電灯をポケットから引っぱり出す。記憶の中の種々のしるしが視界から消し去られ、代わりに現われたいろんな形は秩序を成そうとせず、わたしの視覚の表面で銀色の液体みたいに上下左右に揺れている。わたしは片手を出して、それに触れる――滑らかな金属板にリベットがごつごつ打たれ、側面は潜水艦の輪郭みたいに穏やかに膨らみ、ひとつしかない丸いガラス窓がアーネストの差し出す震える光を浴びてウインクしている。わたしの中から出てくる声は誰か他人の声みたいに感じられる。

「二つ目のポッド」

狂おしい思いであたりを見回すが、誰もいない。床の埃は少しも乱れがなく、足跡もわたしのと、そのうしろにくっついたアーネストの引きずるような足跡だけ。でもポッドの扉に何か書いて――彫って――ある。わたしは歩み出て、指で埃を切り刻み、声に出して読む。

ドクター・セアラ・ハンブリンへ
大変申し訳ありませんが誰も行きません。政府はすべての時間膨張プログラムを打ち切り、大学は戦争でほぼ全員を失いました。君がどこかのひどい未来にはまり込んでしまっていると思うと大変心苦しいですが、でもやはり僕は君の仲間に加わる度胸がないのです。それで、この数十年と残った正気とを費やして、一台だけ隠しておいたポッドを、いま君がこれを見ている場所で分解し再組立てする作業に明け暮れました。ここへ来る人は君以外知らないし、今後もたぶん同じだと思います。君が次に見つける未来が、いますでに見つけたそれに較べていいものであるか、僕には約束できませんが、少なくとも行くか留まるかの選択肢が君にはあります。
心からお詫びします。
ジョン・C・リロイ

名前の下に日付がある。わたしが二十一世紀から旅立った日の、ほぼぴったり四十年後。

「この人、もうこのころは八十近かったでしょうね」懐中電灯を持ってポッドの周りを二周し終えようとしているアーネストにわたしは言う。

わたしが床に座り込むと、彼もやって来て隣に座り、懐中電灯を切る。どうやらいまや放射性粒子がたっぷりこの墓にも浸透したのか、闇の中でもはっきり見える。ポッドはテクニカラーの粒子に包まれ、継ぎ目に沿って粒子が集中していて、静電気でポッドの輪郭を描き出したみたいに見える。じきにリロイの言葉も光によって書き直され、核の青と緑と黄が、刻まれた文字一行一行にさざ波のように流れている。

「僕の考えたこと、全部間違ってたね」アーネストが言う。

わたしは答えない。彼も初めからわかっていたのだ。

少ししてから彼は「あなた、どうするの?」と訊く。

わたしはまだ何も言わないが、わたしも初めからわかっていたんだと思う。


プロヴィデンスは早朝で、住民たちはブラウン・ストリートに集まって、剃刀の刃のように鋭い日光を遮るつもりの傘の海が出来ている。わたしたちがすでに道路の真ん中に引っぱり出したポッドは、元いた墓の影にいまだ包まれ、かすかにきらめいている。ひとつだけの窓が、大学までの短い道を捉えている。ポッドの中のアーネストとわたしには、ジョン・カーター・ブラウン図書館の縦溝入り円柱が見え、図書館に向けて大きく傾いた枯木が見え——開いた窓を骸骨の手が指で探っているみたいだ——電球も破裂した青銅の街灯柱が短い階段に緑色の細流を流しているのが見え、その向こうに、ほかの建物のギザギザの輪郭が見える。虚ろな窓が三つ並ぶセイルズ・ホール、埃が下に蜘蛛の巣のように集まったフォーンス・アーチ。

人口全員、残った六十数人みんなが集まって、形見の品や必需品をわたしたちがポッドに積み込むのを見守る。アーネストが救い出した絵画や大昔のセーター、わたしが二十一世紀から持ってきた品々（人類学の文献、わたしの両親が結婚祝いにもらった銀のボウル、ジェームズのお気に入りだった青いティーポット）。

影や光に分断された人々の顔の海をわたしは眺めわたす。この人たちはアーネストが腕の包帯を替える必要が生じる前に死んでいるだろう。切れっ端を縫い合わせた、人間のごたまぜのパッチワーク。彼らの形を保っている糸は急速に擦り切れつつあり、彼らにもそれはわかっているが、でもみんな、唇のない口でニコニコ笑って、両手を――ごつごつの、指のない棍棒を――上げ、ポッドに入っていくわたしたちに手を振ってくれる。

わたしが扉を閉めてロックしたあと、そして制御装置をセットして時間をタイムワープにまで引き延ばすよりも前、わたしはおどけた口調で、どんな未来を想像しているかとアーネストに訊く。

彼はわたしに向けて首を横に振る。

「あなたが何を想像してるか知りたい」と彼は言う。

それでわたしは、ダイヤルを自分の二千歳の誕生日に合わせ、安全装置を解除し、スイッチを入れながら答える。わたしの言葉がポッドの中で反響し、魂の攪拌《かくはん》に模様をつけていくなか、言葉は膨らみ、散り、ふらつき、消えていって、核のほのかな光がカーテンのように都市に降下する。

猫が夜中に集まる理由

王《ワン》諾《ヌオ》諾《ヌオ》

小島敬太 訳

二〇一九年刊の著書『地球無応答（地球応答なし）』収録作。なぜ猫たちは夜中に集まるのか。なぜ猫はふいにいなくなってしまうのか。そう不思議に思うのは日本だけでなく、中国でも一緒のよう。本作ではその謎が、当事者ならぬ〝当事猫〟たちの口から唐突に明かされていく。量子力学で有名な《シュレーディンガーの猫》を題材にしながらも、どこか昔話を聞いているような、温かい読後感がある小品。

王諾諾は現在、プロダクトマネージャーとしてネット企業で働くビジネスマンの一面も。環境経済学修士、産業アナリストとしての豊富な知見を生かしたSFを多く発表する王諾諾の作品の中でも、本作は妄想爆発（?）、毛色の違う〝猫SF〟となっている。「改良人類」には見られなかったようなウィットに富む比喩も多く、なにより本人が楽しんで作品を書いているのが伝わってくる。ちなみに王諾諾は大の猫好きで、公式プロフィールの一行目に次のように書かれている。「王諾諾　左手で猫をなで、右手で文を書く」。この作品だけは左手で書かれたのかもしれない。

家の周りには猫がたくさんうろついている。だけど、それぞれの猫を見分けるのはそこまで難しいことじゃない。

毛がつやつやしているのは飼い主がいる猫だ。それから、いつも憎らしげにじっとこっちを見てくる、つやがないあの子は帰る家がない野良猫ね。でも、猫たちは金持ちとか貧乏とかに関係なく、毎週夜になると、団地の芝生にみんなして集まって、無階級の集会を開いている。

その集会では数十匹の猫が、お互いに距離を保ちながら、立ったり、しゃがんだり、腹ばいになったり、仰向けになったり、まるまったりして、いわゆる〝猫〟をしていた。昼間は毛を逆立てあってシャーシャー叫んでいた猫たちも、夜にはひっそり静まりかえっている。その様子はまるで、地面から出てきたゴブリンたち〔ファンタジー作品に多く登場する精霊。聡明で商売上手とされている〕が、なにやら深淵な魔法を駆使しては、こそこそと儲け話を企んでいるかのように見えた。

ある夜のことだった。その日もわたしの飼い猫ミィが家を抜け出したので、こっそりとその後をつけることにした。

空に浮かぶ月は大きくて明るく、アヒルの塩漬け卵の黄身を思わせた。ミィは庭を抜け、草むらを越えていく。その影が細長く伸びる。月に向かって尻尾をクエスチョンマークみたいな形に立たせながら、ミィは猫の群れの前に姿を現した。通路の真ん中に座り込んでいた、乳牛のような白黒ブチ柄の太った猫が立ち上がって場所をあけ、ミィを集会場の中へ、猫たちが囲む輪の中へとうながした。

そこには毛繕いをして前足をなめている猫もいれば、ためらいがちにゆっくり歩いているのも、丸まって居眠りしているのもいる。それでも、猫たちは依然としてお互いに無言のままだった。

「……これまで長きにわたり、我々猫たちは時空の扉の鍵を管理してきたがぁぁぁ」

ジプシーの霊能者を彷彿とさせる、年老いてしわがれた、この世のものとは思えない声が響きわたった。

「これは我ら猫族の欲するところではない。しかしながら、我々をのぞいて、この重い任務を担えるものなどおらぬ」

あくびをしたり、引っかいたり、顔をなめたりしていた猫たちの動きが次々と止み、重々しい空気が漂いはじめた。エメラルドグリーンやサファイアブルーの色をした十数組の瞳が、喋りはじめた猫をじっと見つめている。それはエフソニアという名前の猫だった。数か月ごとにお腹を大きくしては、汚らしく、いかにも気だるそうな格好で、噴水のそばにボテッとへたり込んでいる。通りかかった人間たちはそんなエフソニアに餌をやり、その膨らんだお腹をさすっていく。そしてエフソニアが出産すると、その子猫を家に連れ帰って育てるのだった。

「死んでいった同胞たちを我々が忘れることはないであろう。宇宙のために、お前たちがした功績は確かに心に刻まれていくであろう。ミィよ、今夜は……お前の番だ！　この世界のため、ささやかな貢献をするときがやってきたのだ」

ミィが何をさせられようとしているのかはわからなかったが、その重苦しい雰囲気に何か不吉なものをわたしは感じた。ミィが立ち上がり、前に出ようとしたそのとき、ゆっくりとした足取りで、一匹の若い猫がミィとエフソニアの間に進み出た。群れの中でも端正な顔立ちをしたその猫は、足先が雪を踏んだように白く、毛並みが整っていた。興奮した様子で、その猫は振り向くと、そこにいる猫たちに向かって叫んだ。

「なあ、みんな、本当にこれが俺たち猫のさだめなのか？　俺たち、こんな運命に立ち向かおうと一度だって考えたことあるのかよ、ニャー！」

言い終わるか終わらないうちに、二、三匹の猫がすばやく立ち上がり、白足の猫に向かって低い唸《うな》り声を上げた。それは明らかに猫が敵意を示すときの方法だった。

「おお、マイクよ。理解できないのも無理はないぞ。お前はようやく大人になったばかり、会議に参加するのも初めてだったな。可愛そうな子猫ニャァァ」

エフソニアは怒り出した猫たちに座るようにうながしながら、言葉を続けた。

「我々は皆、宇宙の中に生きておる。粒子が出会い、空間がゆがみ、生命が誕生し……多くの出来事が起こるにつれて、宇宙のあらゆるものは混沌としていくのだ。人間たちは長い年月、これを研究してきた。そしてこのプロセスは《エントロピーの増大》と呼ばれるようになった。エントロピーが増えれば、あらゆるものが初めのころのように単純なものではなくなり、無限の可能性が宇宙のポテンシャルエネルギーを消耗しつくしていく。そして果てしのない時間を経たのちに、宇宙は熱的死に陥るのだ！」

「知ってるニャ！　ボク、知ってるニャー」

ブラウングレー色をした、大きなドラゴンリー種〔毛の色や虎柄などがヤマネコに似た特徴をもつ中国生まれの猫種〕の臭臭《チョウチョウ》という名前の猫が口を開いた。発情期を迎えた先月に飼い主に去勢されたばかりの、活発で好奇心旺盛な坊やだ。今、月の光でまんまるに見開かれたその瞳孔は、性欲とは無関係な気高い感情を示していた。

「宇宙のエントロピーが増えるのを、ちょっと遅くするのが、ボクたち猫のおつとめでしょ。だからこの箱があるんだよ」

臭臭《チョウチョウ》は尻尾を右に振って、エフソニアの体の下にあるボロボロの黒い箱を指し示した。わたしはそのときになって初めて、ここにいる猫たちが黒い箱を中心に、そのまわりをぐるりと囲んでいることに気がついた。

「こんな箱！　あんたら、この箱が憎くないのかよ！」

怒りながら白足のマイクは続けた。

「そうだよ、まさしくこの箱さ。これまでどれだけ多くの仲間がこの中に入っていって、生きて帰ってこられなかったんだ？　なんで俺たち、こんな猫殺しのマシンに自分から入っていかなきゃいけないんだよ」

「マイク……やつらはみんな生きてるよ……」

そばで黙って聞いていた当事者、もとい〝当事猫〟のミィが口を開いた。

「違う違う違うって！　見たんだよ、俺は！　先週だよ。箱を開けたらそこに……醤爆《ジャンバオ》が冷たくなって横たわってた……」

そこまで口にすると、気落ちした猫や人間と同じように、マイクの尻尾はしゅんと垂れ下がった。

エフソニアはあたたかく包み込むような瞳をマイクに向けた。

「お前と醤爆《ジャンバオ》が毛糸玉を共有するほど仲良しだったことは知っているぞ……つらいよな、マイク……。この箱が開かれた瞬間、宇宙は二つに分かれる。今、お前が存在しているのは、醤爆《ジャンバオ》が死んでしまった宇宙だ。それは残念なことだけれども、もう一方の宇宙では、お前と醤爆《ジャンバオ》は今も元気に一緒に生活しているのだよ。お前には信じられないか？　ミィに聞いてみたらいい」

耳をピンと立てて反応したミィが話を引き取った。

「エントロピーの増大を遅らせるために、僕らができるのは宇宙を分裂させることだけなんだよ。この箱の中にあるのは毒薬が入った瓶だ。箱には放射性原子が取りつけられていて、原子核が崩壊すると、瓶が自動的に開くようになっている。そうしたら箱の中にいる猫は死ぬけれど、僕らにはその原子核が崩壊するかどうかの予測も立てられないし、計算することもできない。あとで箱を開けて観測して初めて、ミクロの不確定性がマクロの結果に変換されるんだ。その瞬間に、宇宙はなすすべもなく自己矛盾に陥って、二つの宇宙に分裂するのさ。醬爆《ジャンバオ》が死んでいる宇宙と、まだ生きているもう一つの宇宙にね」

「そっちの世界に……俺たち、行けるのか？　そこに行けば醬爆《ジャンバオ》に会える？」

マイクの問いかけにエフソニアが首を振る。

「宇宙はな、我々が黒い箱を開け、中にいる猫の生死を観測したときに初めて、二つの並行宇宙に分裂するのだ。我々はこれまで数えきれないほどこの箱を開けてきた。そして、何千何万という並行宇宙が生まれてきた。これは量子が多重に重ね合わさって増幅したマクロの宇宙の結果なのだ。宇宙はそれぞれに並行して発展していき、もはや繫がってもおらん。無数の宇宙と無数の可能性、それは一つの光の束がそれぞれの未来に枝分かれして、バラバラに広がっていくようなものなのだ。月夜に開かれる猫の集会がその分岐点になっているのだよ」

「その並行宇宙は、俺たちのやつと同じなのか？」

ミイが答えた。

「醬爆《ジャンバオ》が生きているか死んでいるか、それによって、バタフライ効果が生まれて、世界がそれぞれに変わっていくんだ。早くに別々になった宇宙とは、もう天と地ほどの差があるけれど、醬爆《ジャンバオ》が生きている宇宙は先週僕らの宇宙と分裂したばかりだから、まだそこまで大きくは違わないんじゃないかな」

「でも……」

マイクはまだ何か言おうとしていた。

「くどくど、うっとおしいわ！　この青二才が！」

これまで一言も発していなかった野良の小黄《シャオホアン》が、ついに我慢できなくなり、マンホールの上から飛び上がった。ゴミ箱荒らしの小暴君と言われるだけはある威勢のよさだ。

エフソニアは口を開き、会議の結論を下した。

「でははじめよう」

ミィはもうためらうこともなく、目に涙をためたマイクの視線を無視して、黒い箱の中へと入っていった。

そのまま箱が閉まろうとしたそのとき、わたしは隠れていた木陰から飛び出した。

「やめて！　ミィを連れていかないで！」

エフソニアが言った。

「これは宇宙のためだ。ミィ一匹の話ではない、毎夜、世界の違った場所で何千何万の猫がこうしているのだ」

「それでもダメ！　わたしのミィを死なせなんかしない！」

ミィはウコン色の瞳でじっとわたしを見すえながら、その口を開いた。

「僕たち猫は一日中、手持ち無沙汰で目的もなさそうにダラダラ過ごしてる。人間に糞尿を始末させたり、やりたい放題だ。でも君は考えたことあるかい？　なぜ猫はこんなふうに毎日偉そうに、少しも悪びれもせず、思い上がって暮らしてるんだろうって？」

わたしは答えられなかった。

「僕らには僕らの使命がある。それが、たとえ人間に理解されなくても、たとえ僕ら自身にだって理解できなくてもね。こんなにも効率の悪いやり方で宇宙を分裂させただけじゃ、食い止められるエントロピーの増大なんてほんのわずかだとしても、それでも使命は使命なんだ。僕らは宇宙を救わなくちゃいけないんだよ」

そのしっかりとした、ためらいのない表情に、わたしは涙が溢れ出した。

「宇宙は二つに分かれる。けれど、片方の宇宙で僕と君はいつだって一緒だよ」

わたしの肩には届かないけれど、ミィはモフモフした小さな前足をわたしの足首の上にぽんと置いた。

「君と過ごした時間を忘れないよ、たくさん君を怒らせたりしたけど、どうか許してくれよな」

いつも無愛想に手足を引っかき回して、こちらのことなんか気にもとめてないと思ってた。そんなミィの口からこんな言葉を聞くなんて。やりきれない思いで胸がいっぱいになる。

自分のペットが生と死の重ね合わさった状態に入っていくのを見るなんて、飼い主の誰もが経験することじゃない。わたしにはとても耐えられなかった。わたしはその箱に背を向けた。

あれから何年もの月日が経つ。昼間に、むかつくぐらい生意気な顔をした猫を見かけると、わたしは決まってミィのことを思い出した。そして、あの子たちのことを思った。数えきれないほどの月夜の晩に、黒い箱へと入っていく無数の猫たち。宇宙のエントロピーの増大を少しでも食い止める、ただそれだけのために。

対談　柴田元幸×小島敬太

〈謎SF〉が照らし出すもの

今の中国の大都市に住む若者たちの生活実感から

柴田　小島君に最初に王諾諾《ワン・ヌオヌオ》の「改良人類」のことを教えてもらったのは、たしか二〇一九年の十一月でしたよね。広州の書店で面白い作品を見つけたと。

小島　そうですね。そのころ広州に住んでいて、近所の大型書店に毎日通っていたんです。SFのコーナーには『三体』〔＊1〕シリーズが大きく展示されていましたが、新刊コーナーで王諾諾の短篇小説集『地球無応答（地球応答なし）』を偶然見つけたんです。著者の写真がとても若い女性で、かわいらしいイラストも入っていて〝SF〟のイメージとのギャップを感じて気になりました。「改良人類」はこの本の巻頭を飾る作品で、アンドロイドの恋愛や青春ものかな、と思って読み始めたら、ヒトの生殖細胞のゲノム編集というタイムリーな話題〔＊2〕を扱った、短いながらも、スリル満点のSF小説で驚きました。作品に描かれている、人間のエゴが暴走した未来と、目も眩むような中国のハイテク社会で暮らし始めた僕のリアルな不安とが繋がった気がしたんですね。そこから僕は、中国のSFを通して、今を生きる、中国の若い世代が考えていることに興味を持ったんです。

柴田　なるほどね。王諾諾さんは一九九一年生まれと、若いですね。深圳《しんせん》出身？

小島　はい、安徽《あんき》省で生まれ、二歳のときに深圳に移住しています。深圳は広州のすぐ近くにある大都市です。

アジアのシリコンバレーと呼ばれるほど最先端をいく街で、とにかく活気がありますし、ＳＮＳや動画アプリもたくさんあって、若者たちは毎日の生活を謳歌しているように見えます。スマホ一つあれば、デジタル決済含めて事足りるため、気づけば僕は財布を持ち歩かなくなりました。そうして便利さと引き換えに、地下鉄に何時に乗ったとか、誰と何を食べたとか、どんな本を買ったとか、自分の行動の一つ一つがビッグデータの部分になり、紐づけられていくという、昔読んだＳＦ小説のような世界に実際にいるような感覚でした。

そんな世界に生きる若者たちの内面には、王諾諾の作品に書かれているようなものがあるのかもしれない。この作品を共有することで、今の中国のそういった一面を伝えたいと思ったんです。

柴田　中国での生活で実感したことと繋がっているところが興味深いですね。

王諾諾さんの経歴を見ると、ケンブリッジで環境経済学の修士号を取得しているインテリで、今は「プロダクトマネージャー」ということは、バリバリのビジネスウーマン？

小島　そうですね。産業アナリストという肩書で働いているようです。ちなみに、この作品はケンブリッジの修士論文を書き終えてからすぐ書いた作品とのことで、デビュー作になります。

柴田　英訳もされてるんですか？

小島　著書としてはまだ『地球応答なし』だけで、まだ英訳は出ていませんね。でも来年、アメリカで刊行予定のＳＦアンソロジーに作品が収録されるようです。

中国ＳＦ界では他にも女性作家がたくさん出てきて〔＊3〕、ひしめき合っている感じですね。

柴田　アメリカでの反響も気になりますね。

今回、王諾諾さんは日本に初紹介となりますが、彼女の作品のように、今面白いと思う中国とアメリカのＳＦ作品をお互いに探して出し合って、今回のラインナップを決めました。日本でまだ単著が出ていないという条件で。で、選んでみたら、〈謎ＳＦ〉という言葉が何となくしっくりきた。

「マーおばさん」と「曖昧機械」

柴田　中国とアメリカで選んでみてどうなるかと思ったけど、意外にも、二国間でいろんな符合がありましたよね。まずは、ShakeSpaceの「マーおばさん」とヴァンダナ・シンの「曖昧機械」。どちらも謎めいたマシンの話と言える。

小島　〝謎マシン〟ですね（笑）。

僕がこの作品を選んだ理由は、中国という存在をどこか俯瞰したような眼差しが感じられたからです。二〇〇二年に発表された作品ですが、時を経てもまったく古びない名作だと思います。

柴田　ShakeSpaceは、王諾諾さんよりも、世代的にはだいぶ上ですよね？

小島　一九七七年生まれなので、王さんとはひと回り以上違いますね。ShakeSpaceは上海生まれで地元の大学に通ったあと、アメリカに留学、コンピューター・サイエンスのPhDを取得して、現在は上海在住とのことです。「マーおばさん」はアメリカ留学中の二〇〇二年に発表された作品で、一九八〇年にピュリッツァー賞を受賞した『ゲーデル、エッシャー、バッハ』〔＊4〕（以下、『ＧＥＢ』と略記）の「……とフーガの蟻法」という章からインスピレーションを受けたとされていますが、それ以外にも当時アメリカでも人気のあった『攻殻機動隊』に近いものも感じられます。

『ＧＥＢ』の「……とフーガの蟻法」や『攻殻機動隊』のゴーストの概念は、どちらも、自我がどうやって生まれるか（創発性）〔＊5〕が一つのテーマだと思うのですが、マーおばさんの主要なテーマも重なると思います。対照的に、柴田さんが選ばれた「曖昧機械」は「自我」と「他者」の境界を曖昧にしてしまいますから、その対比が結果的にとても面白いと思いました。

柴田　「曖昧機械」の物語の広がり方は理屈では説明がつかないように思うのです。同じく僕が訳した作品の中でも、「深海巨大症」は方向性が見えますよね、深海に潜っていくとか、昼が夜になるとか。「曖昧機械」はそういう方向性がない中で、自由に動いている、それが理屈じゃなく、霊感に導かれて書かれているような感じ。

ヴァンダナ・シンの他の作品は、宇宙に行ったりして、もう少し普通のSFっぽいんです。現実的な話でも、北極などの遠い世界に行くのですが、「曖昧機械」は、もっと内なる遠い世界に行っていて、時空が妙に繋がっていたり、歪んでいたりする。それがSF的な仕掛けなんだけれど。

小島　そこは「謎」の思考としか言えないかもしれませんね。この作品を読んで、常に自分らしさや個性を追求しなければいけないといった強迫観念が少し楽になるような感じ、解放感すら覚えました。今、ことさら言われている、「分断」の逆をいっている感じもいいなあ、と。そういう意味でも現代的に感じましたね。

柴田 主人公の一人が、「私」と「他人」の区別が全然ないコミュニティに行ったりね。ゆるやかに私と私でないものとの境界が融解していく感じがありますね。

小島 「自我」がテーマということに関連して、「マーおばさん」に話を戻すと、ここからは著者本人が語っていることではないので、僕の妄想ですけれど、この物語の重要な登場人物でもあるアリについて、『GEB』でも触れられていますが、アリの社会は非常に調和のとれた共産主義的性格を有しているとされていて、それがどこか、中国のイメージに重なるようにも思えてくるんですね。物語の中で、アリが水に濡れて、超個体としての人格がなくなってしまう。それが後半、同じアリたちによって別の人格が、つまり構成要素は変わらないのに、まるっきり思想も違う別の人格が生まれてしまうところなどは興味深いです。

柴田 そこが一番面白いところだと思います。

たとえば、『2001年宇宙の旅』〔＊6〕などで、ロボットが人格を獲得すると、非常に強固な自我を発揮して、人間の自我と対抗したり、人間を滅ぼそうとしたりしますが、「マーおばさん」はアリたちにすごく流動的な自我を与えていて、一個の実体として自我があるというより、要素と要素の関係によって常に自我が変わっていくという柔軟な考え方をしている。それを「マーおばさん」というとぼけた名前で貫くところにすごくユーモアを感じます。

小島 タイトルの意外性もいいですし、組織と個人や、社会の構図など、いろいろなものに置き換えて考えられる作品なので、今の読者にもリアリティがあって新鮮です。

柴田 それと、世界を知り尽くそう、という目、つまり、世界に向かう方向性と、自分とは何か、という内に向かう方向性を、数十ページの短篇で網羅してしまう臆面のなさがありますよね。「マーおばさん」も、「改良人類」も。大きなテーマを描く手続きを必要としていない感じがいい。大長篇で取り上げてもいいようなテーマを、ある意味、漫画的に、図式的になることを恐れず設定を組んでしまう、短いスペースで臆せず考える、というのはアメリカ文学ではなかなかできないだろうなと思います。

「猫が夜中に集まる理由」も、並行宇宙の《シュレーディンガーの猫》というテーマをさらっと書いてしまう自由さがありますよね。

小島　ShakeSpace はインパクトのある良作が多く、寡作なため、中国SFコミュニティの一部では「中国のテッド・チャン」とも呼ばれていて、彼の新作を待望する声は大きいです。「曖昧機械」もテッド・チャンに近いものを感じました。中国でも若手SF作家はテッド・チャンにとても影響を受けているようです。

柴田　ヴァンダナ・シンはたしかに、テッド・チャンやケン・リュウなどと繋がるものはある気がします。小島君が今回選んだ作品もテッド・チャンに通ずるところがありますね。短いスペースのなかで、大きなことを考えるのを恐れない。中国の、あるいは中国系の作家たちは、大問題をシンプルに考えることを恐れない、という印象を持ちました。

個人か、家族・コミュニティか

柴田　小島君が今回選んだ中国作品は、どれも家族やコミュニティが出てこないで、個人の話が多いですよね。「改良人類」に双子は出てくるけれど。それは好み？

小島　好みですね。中国SFは家族ものもたくさんありますし、旧正月の「春節」をテーマにしたSFも結構あります。その名も「科幻春晩」〔＊7〕といって、最近では、春節が近づくたびに、オンラインのSFサイトでいろんな作家が「科幻春晩」を書いて発表しています。実家への帰省が宇宙規模だったりして、読んでいて楽しいです。『三体』の著者、劉慈欣《リウ・ツーシン》原作で、最近中国で大ヒットした映画『流転の地球』（原題『流浪地球』）も春節の話で家族の絆がテーマの一つです。中国は、家族という単位は非常に大きいと思います。そんなわけで、個人重視で選んだのは僕の好みです（笑）。

柴田　短篇で選ぶと、個人のほうに流れる傾向はあるかもね。

　ヴァンダナ・シンはインド系で、今はアメリカの大学で物理学を教えていますが、デリー郊外で育っています。まだ短篇集が一冊出ているだけですが、ほとんどの作品は先端的な科学の話と、昔ながらの家族や共同体の話とが組みあわさっている。現代的なものが、伝統的なものにゆるやかに支えられるみたいな感じです。ところが「曖昧機械」だけは違って、こういう生き方がいいというようなことを何も主張していない。どの章でも、提示されるいろんなイメージがただ素晴らしい。

小島　本当にそうですね。「曖昧機械」の三つの記述の最後の場面はそれぞれ、大きく心を動かされました。

「焼肉プラネット」と「深海巨大症」

柴田　「焼肉プラネット」と「深海巨大症」は、新しい世界に行く話です。

小島　〝謎世界〟へのファーストコンタクトですね（笑）。

柴田　「焼肉プラネット」はすごく面白くて、かなり馬鹿っぽい話なんだけど、悪ふざけだけではないものを感じました。

小島　そうなんですよね。著者の梁清散《リャン・チンサン》は僕と同世代の八〇年代生まれで、ユニークな人です。その世代は八〇後《パーリンホウ》と呼ばれています。

　また、それとは別に、中国のSF作家はデビューした年代別に、世代が分かれるのですが、「更新代」にあてはまります。この世代は『科幻世界』〔＊8〕などのSF雑誌だけでなく、ネットでも積極的に作品を発表していきました。ライトノベルに影響を受けたものや、科学性の薄い作品たちもどんどん出てきて、SFの表現の多様性が増していった時代なんですね。「焼肉プラネット」は無料のオンラインSF雑誌『新幻界』で発表され、二〇一二年の星雲賞〔＊9〕のネットオリジナルSF作品部門の最優秀賞を受賞した作品で、当時のネットでのSFの盛り上がりが感じられます。

柴田　それだけ読者がいるということですね。

小島　そうなんです。それと、梁さんはとにかくSFマニアなんです。梁さん自身が、いろんなタイプのSFをたくさん書いている人なのですが、なかでも彼の個性が光るのは清朝末期のSF研究やそれに関する創作です。

　それに、同時期の日本文学にも精通していて、日本の近現代SFの立役者に押川春浪《おしかわしゅんろう》〔＊10〕という人がいるのですが、その墓参りに行っているほど。日本の小説家も明治・大正は網羅していて、一番好きなのは谷崎潤一郎だそうです。

柴田　焼肉の背後にそんな奥深いものがあるんだ（笑）。

小島　「焼肉プラネット」にそれが反映されているかどうかは不明ですが（笑）。とにかくアイディアがどんどん溢れてくるような、楽しみながら作品を書いているようなところが魅力ですね。ちなみに最新作は、晩清の上海のレストランを舞台に、五人の少女が織りなす、ミステリあり、武侠あり、グルメありの作品だそうです。

柴田　『三体』から「焼肉プラネット」まで、すごい底力だなあ。その底力はどこからきているのでしょうか。

小島　中国は今、何度目かのSFの春〔＊11〕を迎えているんです。文革で、中国SFは一度停滞期を迎えましたが、改革開放とともにSFにも春が来ました。その際、先ほども触れた『科幻世界』（当時の雑誌名は『科学文芸』）のような雑誌がたくさん出たのですが、八三年に、資本主義的・商業主義的なものを排除する精神汚染一掃キャンペーンの影響を大きく受けてしまい、一気に減ってしまったんです。『科学文芸』もそれ以前は二〇万部だったのが七〇〇部まで落ち込んでしまいました。でも、その苦難の時期を越え、八六年に『科学文芸』らが中心になって、現在、中国最大のSF賞といわれる銀河賞〔＊12〕の第一回を開催することになるのです。冬眠から戻ってきた中国SFの春と言えるかもしれません。それが今まで続いています。

柴田　すると、その流れが今も続いていて、二十一世紀に入ってから、さらにその世界が広がるなかで、今回小島君が選んだ作品群はどんな位置にいるんですか。

小島　その新しい流れの中から出てきたSF作家たちは「新生代」と言われています。具体的には一九九一年から二〇〇〇年までにデビューした世代で、『三体』の著者の劉慈欣さんもここに入ります。

　そこからさらに、「更新代」「全新代」と十年刻みで世代が更新されていくのですが、「更新代」のはしりがShakeSpace（〇二年デビュー）、「更新代」の後期が先ほども出た梁さん（〇九年デビュー）ですね。王諾諾さんは一番新しい「全新代」です。

柴田　小島君が個人的に一番共感するのは梁さん？

小島　非常に共感しますね。好きなアニメなど世代的な趣味趣向も重なりますが、特に「焼肉プラネット」で表現されている〝小物〟感を、僕こそがしっかり紹介しなければ、という変な責任感があります（笑）。

　でも、魯迅の「阿Q正伝」〔＊13〕もそうですが、小人物はこれまで中国文学で脈々と書き継がれてきたんですよね。ですから、今や、小人物たちも最先端技術で宇宙へと飛び立つ時代になったのだなと我がことのようにうれしく感じています。

柴田　自負があるわけね（笑）。

小島　はい。クラーキンの「深海巨大症」も面白かったです。トレヴァーの底の浅さと、焼肉プラネットの主人公の小人物感が繋がるように感じました。それぞれの浅さや小ささのあぶり出され方は違いますが。

柴田　ははは。

小島　「より深くに潜ること」というのはどういうことか、ルビーが突然理解したあとに深海に潜っていきますが、潜ることが人間の心理を掘り下げることと同義になっているようにも感じました。

柴田　それは「降下物」の、現在からは劣化したような未来しか見えてこないということと、繋がるかもしれないですね。

深海に降りていけば、真理の闇に降りていくというか、新しい、より深い、より重いものが見えてくるんじゃないかって普通は思うじゃない。ところがいざ行ってみると、何もなくはないんだけど、新しい次元が立ち現われたというのともちょっと違う。悲観とも違いますが、楽観の不在、希望の不在と言えるかもしれません。最後のシーンで、新しい世界が開示されたという感じではないよね。

小島　なるほど、今、ストンと腑に落ちました。

柴田　ただ、希望の不在といえば、普通はもっと暗くなりそうなものだけど、「深海巨大症」は「希望があるべき」だという前提さえないから、それが二十一世紀的だなと思いますね。だから、こうやって笑える話になる。

「改良人類」と「降下物」

柴田　さらに符合は続き、「改良人類」と「降下物」は、ともに何百年も眠っていた話ですね。

小島　「改良人類」は約六〇〇年後、「降下物」は五世紀後、つまり五〇〇年後の未来に目覚める話ですね。その未来で、「改良人類」は皆が遺伝子操作をして見た目も美しく整っている。逆に「降下物」は、爆撃の影響で皆、皮膚が剝げ落ちて顔の形をなしていない。見える風景も対照的です。ともにおそらく九〇年代生まれの若い女性作家が同時期にこうまで違う未来を描くとは、驚きですよね。「降下物」のほうは、読みながら、未来のことが描かれているのに、ユートピアともディストピアとも違うような、むしろ並行世界に行ったような感覚を覚えました。

柴田　何百年か眠って目覚めてみたらすごくしょぼい未来で、自分が生きていたときにあったものがただ古びているだけ、というのがけっこう衝撃的ですよね。

五〇年ぐらい前だったら、こんな話は考えにくかったと思う。けれど、何百年経ってみてもなんにも新しくなっていなかった、という未来像は、今の時代では結構リアリティがある。「二〇二〇年的」と言えるね。これはやっぱり、アメリカという、いろんな意味で行き詰まっている世界から出てくる作品だなという気がするんですよね。

小島 たしかにそうですね。王諾諾はインタビューなどからも、科学技術には肯定的な立場を取っていますが、その感じは「降下物」にはないですよね。

柴田 ないです。

小島 「改良人類」は最終的にバッドエンドなんですが。

柴田 でも、不完全で多様なものが反抗するという、ある意味、未来があることを感じさせる終わり方ですよね。それと、科学ですべてをコントロールしようとすることに懐疑的ですよね。これは、科学で世界がよくなるという思いにブレーキをかけてるということ？

小島 どちらかというと、科学のいびつな発展を軌道修正したい、人間らしさ、自分らしさを保ったまま発展していきたい、という意識かもしれません。

王諾諾の他の作品もそうですが、登場人物たちを行動に強く駆り立てる動機は、基本的に自分探しなんですよね。自分のルーツや存在意義を見つけるために、遺伝子やビッグデータ、宇宙船など要素は変わっても、それぞれが命がけでもがいていて、その様子が心を打つんです。

柴田 それは、たとえば伝統的な移民小説のような、近代的なものと土着的なものとが衝突し、引き裂かれるといったことではなく、どこにいても同じ、というか、グローバリゼーションの申し子というような意味合いもあるでしょうか。

小島 深圳で育った王諾諾はまさにグローバリゼーションの申し子と言えると思います。深圳は改革開放後に、経済特区に指定されて急速に発展したので、大都市としての歴史が浅いのです。

同じ広東省でも中心地の広州は歴史が古く、長い時間をかけて培われた文化が根づいています。広州では広東語が多く飛び交っていますが、深圳は標準語です。中国各地からの移入で人口が増えたためです。それだけでも、周辺とは異質な街という印象を受けました。

王諾諾は〝SF的〟な深圳という街が自分の作品を生み出す土壌になっているとインタビューでも語っていますし、どこか自分の姿も重ね合わせているように感じられます。

柴田　そういった状況で、自分を組み立てようとしたときに、今は、世界の特定の場所、たとえばアメリカとかにモデルを求めるという時代じゃないんだなということを、王諾諾の作品から感じましたね。

アメリカは女性作家が元気

小島　マデリン・キアリンさんが考古学者ということも、興味深いです。主人公のハンブリンは文化人類学者で、現実世界に心を閉ざして過去から未来にやってきたわけですが、破壊され物質的に恵まれていない未来で、考古学者のようなアーネストに出会う。アーネストは、ハンブリンを通して、想像力豊かに過去へ思いを巡らせる。その純真な好奇心、歓喜の念にハンブリンは心を動かされていく。そこが感動的でした。物質的に豊かでないからこそ、原始的な想像力が溢れているとも言える。ＳＦの未来に希望を託しているようにも思えました。

そういえば、柴田さんが今回選ばれた作家は全員女性ですね。偶然ですか？

柴田　偶然ではないですね。アメリカは今、女性作家が元気だということと、僕が今まであまりにも女性作家に目を向けてこなかったということ、その両方から出た必然ですね。今回選んだ三人は、まあヴァンダナ・シンはある程度地歩を固めた作家だけど、ほかの二人はまだ著書もなく、これからどうなるか未知数。それだけに楽しみですが。

小島　三人とも、アカデミックなバックグラウンドがあるのですか？

柴田　ブリジェット・チャオ・クラーキンは大学で創作を習ったけれど、その後は不明です。ヴァンダナ・シンは物理学の先生で、マデリン・キアリンは博士号を取得したばかりの若手の考古学者。しっかりアカデミックだよね。

小島　アカデミックは科学的思考の最先端だと思うのですが、そういう人たちが最終的に曖昧なぼんやりしたところにいくのが興味深いと思いました。

柴田　なるほどね。ヴァンダナ・シンについては、本職のほうではぼんやりしていないことを突き詰めないといけないからかもしれませんね。たとえば環境破壊をどう食い止めるか、といったことを大学で考えたりしているようなので、理で戦わないといけない。だから小説ではそれとは違うことをしているのかもしれない。

キアリンの場合は、小説でも考古学の思考を活かして書いている気がします。未来のことを書いているけれど、過去を発掘しているようなところがあって。少なくとも、小説で理を突き詰めようとは思っていなさそうです。

小島　「降下物」のアーネストからは、未来がわからない、想像はするけどわからない、それでもいいんじゃないか、という前向きなメッセージが感じられたんです。これから起こるすべてのことが予測可能な気さえしてしまう今の時代で、未知の心地よさというか、少し気持ちが楽になった気がしました。

柴田　「改良人類」も「降下物」も、いろんな意味で対照的ではあるけれど、最後はどちらもそれなりに前向きで、繋がるところも大きいように思います。

このアンソロジーの最後に猫が箱に入っていって終わる、という流れは楽しいですね。王諾諾は今回二篇収録しましたが、「猫が夜中に集まる理由」はエンディング的にやっぱりあってよかった。

小島　最後の猫の読後感はいいですよね（笑）。

王諾諾は、「改良人類」と「猫が夜中に集まる理由」の二篇だからこそ、この作家の魅力が伝わるのではと思います。

中国・アメリカ〈謎SF〉から照らし出される二十一世紀

柴田　「降下物」はこういう未来像はリアリティあるよな、ということで、「二〇二〇年的」と言えるし、「深海巨大症」の楽観の不在、希望の不在にも通じる。

キアリンさんについていえば、未来に行くのも過去に行くのもあまり変わらない気がします。他の作品でも、過去の怪物を発掘する話もあったりして、だから逆に、過去に行った話もどこかSF的なんだよね。今回取り上げたアメリカの三作品は、おそらく「ここがSF的」というのが曖昧なことが特徴なんだろうと思います。遺伝子操作とか、明確に科学的なものはないし。

一九八〇年代九〇年代ぐらいまでかな、アメリカ女性作家は圧倒的にリアリズム的な小説、女性の心理の繊細さで勝負するような小説が多かったんです。その後、ケリー・リンクやエイミー・ベンダーたち〔＊14〕がSFやファンタジーなどの要素を自在に取り入れるようになって、今も、カレン・ラッセル〔＊15〕とかね、そういう人たちが現代アメリカの女性作家の文学を大きく変えたと思います。
　今回のアメリカの三人は、そのまた次に出てきた世代で、ＳＦやファンタジーなどを大がかりに取り入れなくても、自然に深海とか、近未来とか近過去とかに、想像力が漂い出て行ってしまうところがある気がするんですよね。
小島　今、アメリカの最先端を行く作家がＳＦで希望の不在を描いているというのは象徴的ですね。
柴田　中国作品は、ポリティカルで、現実と真正面から向き合って未来を明確に思い描いているものもあり、未来への希望が前提としてあることがアメリカと違いますよね。日本と中国との隔たりも結構大きいのかなと思います。つまり、中国の「未来がある」という感じは日本にはあまりなくて、日本だったら「降下物」のような作品の方が出てきそう。
小島　そうですよね。結局は、今をどう捉えているのかに繋がりますね。「謎ＳＦ」から照らし出されたのは、今現在の私たちの足元なのかもしれません。

注

＊1　**『三体』**　劉慈欣《リウ・ツーシン》作の『地球往事』シリーズ三部作の第一作。二〇〇六年から『科幻世界』に連載され、〇八年に単行本として刊行。中国でシリーズ三部作の売り上げの累計は二一〇〇万部以上を記録している。一四年には中国系アメリカ人作家のケン・リュウによる英訳が刊行され、一五年にアジア人として初のヒューゴー賞を受賞した。邦訳は、一九年に早川書房より『三体』（大森望、光吉さくら、ワン・チャイ訳、立原透耶監修）が発売され大ヒットしている。

＊2　**ヒトの生殖細胞のゲノム編集というタイムリーな話題**　生殖細胞への遺伝子操作は、デザイナーベビーを生み出す可能性があるなど倫理的な問題をはらんでいる。中国では、二〇一五年に広州・中山大学の研究チームが世界初となるヒト受精卵のゲノム編集を行なったほか、一八年にはゲノム編集によってヒト受精卵の遺伝子を改変した双子の女児が誕生したことを深圳・南方科技大学の准教授が明かし、国内外から非難の声が上がった。

＊3　**中国ＳＦの女性作家**　中国の女性作家が世界のＳＦ界で大きな注目を集めるきっかけになったのは、二〇一六年に郝景芳《ハオ・ジンファン》「北京　折りたたみの都市」のケン・リュウの英訳がヒューゴー賞を受賞したことによる。同作品は『郝景芳短篇集』（及川茜訳、白水社）、『折りたたみ北京　現代中国ＳＦアンソロジー』（ケン・リュウ編、中原尚哉他訳、早川書房）に収録されている。

＊4　**『ゲーデル、エッシャー、バッハ――あるいは不思議の環』**　ダグラス・Ｒ・ホフスタッター著。一九七九年、アメリカで刊行され、世界的ベストセラーとなった大著。一般向けの科学書として、エッシャーの絵や説明図など豊富な参考資料、バッハの音楽の形式の踏襲、言葉遊びやダジャレなどを散りばめながら、人工知能や自己言及など難解な内容をわかりやすく説明している。八〇年のピュリッツァー賞、全米図書賞を受賞。邦訳は白揚社から野崎昭弘、はやし・はじめ、柳瀬尚紀の共訳により八五年に刊行された。八五年日本翻訳文化賞受賞。二段組七〇〇ページ超の本文、読み応えがあります。

＊5　**創発性**　複数の要素が互いに影響を及ぼしあう際に、各々の要素単体にはない特性が全体として現れる現象のこと。「全体は部分の総和以上である」と言いあらわされることが多い。例えば、脳内にある何十億もの神経細胞の一つ一つには意識や知性はないが、全体として、部分（神経細胞）の性質の単純な総和にとどまらない特性（意識や知性）が現れるとされる。

＊6　**『２００１年宇宙の旅』**　スタンリー・キューブリック監督、一九六八年公開のＳＦ映画の古典的名作。ディスカバリー号が宇宙空間を旅するなか、ＨＡＬ９０００と名づけられた人工知能が人間に反乱を起こすエピソードが印象に残る。

＊7　**科幻春晩**　オンラインＳＦサイト「不存在日報」で二〇一六年から催されている春節企画。もともと「春晩」とは、中国で春節前日に放送される国民的テレビ番組のこと。「科幻春晩」では、毎年一つのお題（「故郷オデッセイ」「春節近づく北京西駅」など）が出され、複数のＳＦ作家がそれにまつわる短篇を創作し、毎日一作品ずつ「不存在日報」の公式ウィーチャットをはじめ、その他のネットメディアで公開していく。国内の作家から始まった企画も、デレク・クンスケン、イアン・ワトソン、日本からは二〇年に藤井太洋氏が参加するなど、年々盛り上がりを見せ、中国ＳＦ界の新たな風物詩となっている。

＊8　**『科幻世界』**　一九七九年、四川省成都で創刊。最初の名前は「科学文芸」、その後「奇談」を経て、一九九一年より「科幻世界」という誌名になる。全盛期は四〇万部、現在も一〇万部を発行する世界最大規模のSF雑誌。銀河賞の設立、成都でのWSF（世界SF協会）を誘致するなど、現在の中国SF界への貢献は計り知れない。

＊9　**星雲賞**　正式名称は「全球華語科幻星雲賞」。二〇一〇年に世界華人科幻協会によって設立。中国国内が主な対象である「銀河賞」に対し、世界中の中国語で記された作品すべてを対象にしている。

＊10　**押川春浪**　一八七五年生まれ。冒険小説家、SF作家。清朝末期の中国では、ジュール・ヴェルヌなどの日本語訳書からの重訳も紹介されたが、その中で、押川春浪をはじめとする日本のSF作品も翻訳されていった。特に押川春浪はさかんに訳され、一九〇三年「空中飛艇」（海天独嘯子訳、明権社）を皮切りに、五年間で一〇冊もの作品が中国で刊行された。

＊11　**SFの春**　清末期から、民国期、中華人民共和国建国から文革を経て、現代に至るまでのめくるめく中国SFの歴史は『中国科学幻想文学館（上・下）』（武田雅哉・林久之著、大修館書店）に詳しい。

＊12　**銀河賞**　中国国内で発表された作品を対象としたSF賞。『科学文芸』『智恵樹』（一九八六年に廃刊）の二つのSF小説雑誌によって創設され、八六年、中国初のSF小説コンテストとして第一回が成都で開催された。現在中国で最も権威のあるSF賞とされる。

＊13　**「阿Q正伝」**　魯迅（一八八一―一九三六）による中篇小説の名作。清末期の小さな村を舞台に、日雇い暮らしの「阿Q」という人間を通して辛亥革命前後の中国社会を風刺的に描いた。ちなみに魯迅は、ペンネームで魯迅と名乗る前の二十代の頃（当時日本に留学中）、日本語で訳されたジュール・ヴェルヌ『月世界旅行』などを中国語に翻訳している。

＊14　**ケリー・リンクやエイミー・ベンダーたち**　世紀の変わり目くらいに続々登場した、寓話、ファンタジー、SFなどの要素を自在に取り入れた女性作家たちの代表。主著としてケリー・リンク『マジック・フォー・ビギナーズ』（柴田元幸訳、ハヤカワepi文庫）、エイミー・ベンダー『燃えるスカートの少女』（管啓次郎訳、角川文庫）など。

＊15　**カレン・ラッセル**　リンク、ベンダーの流れをさらに推し進め、周到な歴史的リサーチを踏まえて大胆に想像力を飛翔させた秀作短篇多数。日本では松田青子らが翻訳している。主著に『レモン畑の吸血鬼』（松田青子訳、河出書房新社）。

［編訳者略歴］

柴田元幸（しばた もとゆき）

1954年、東京都出身。米文学者・東京大学名誉教授・翻訳家。ポール・オースター、スティーヴン・ミルハウザー、スチュアート・ダイベック、スティーヴ・エリクソン、レベッカ・ブラウン、バリー・ユアグロー、トマス・ピンチョン、マーク・トウェイン、ジャック・ロンドン、エドワード・ゴーリーなど翻訳多数。『生半可な學者』で講談社エッセイ賞、『アメリカン・ナルシス』でサントリー学芸賞、『メイスン＆ディクスン』で日本翻訳文化賞を受賞。また2017年、早稲田大学坪内逍遙大賞を受賞。文芸誌『MONKEY』（スイッチ・パブリッシング）、および英語版MONKEY責任編集。訳書の近刊に、ミルハウザー『ホーム・ラン』、ギンズバーグ『吠える　その他の詩』など。

小島敬太（こじま けいた）

1980年、静岡県浜松市出身。早稲田大学第一文学部卒業。「NHKみんなのうた」に『毛布の日』を書き下ろすなど、「小島ケイタニーラブ」の名前でシンガーソングライターとして活躍中。台湾・香港でもCDデビューを果たしている。2011年から朗読劇『銀河鉄道の夜（with 古川日出男・管啓次郎・柴田元幸）』に出演および音楽監督を担当。13年から、温又柔との朗読と演奏によるコラボレーションpontoを開始。18年8月から中国・広州に拠点を移す。19年、広州市人民政府広報局から「新時代広州文化交流大使」に任命される。シンガポール、インドネシア、フィンランドなどの国際文芸フェスにも多数参加。著書に『こちら、苦手レスキューQQQ！』、共著に『花冠日乗』（白水社）がある。

中国・アメリカ　謎SF

2021年2月10日　第1刷発行
2021年3月15日　第3刷発行

編訳者©柴田元幸
　　　©小島敬太

発行者　及川直志
発行所　株式会社白水社
　　　　〒101-0052
　　　　東京都千代田区神田小川町3-24
　　　　電話　営業部　03-3291-7811
　　　　　　　編集部　03-3291-7821
　　　　振替　00190-5-33228
　　　　www.hakusuisha.co.jp
印刷所　株式会社三陽社
製本所　誠製本株式会社

乱丁・落丁本は，送料小社負担にてお取り替えいたします．
ISBN978-4-560-09799-1
Printed in Japan